꿈

,

틀

꿈, 틀

소이 산문집

이덴슬리벨

이상한 나라의 앨리스, 심상의 날개

죽지 않아, 인생

가까운 이들이 소중한 것을, 사람들

영원한 이름, 사랑

이 또한 지나가리, 마음 앓이

낯선 천재의 재능을 사랑했네, 자극과 영감

카스텔라처럼 사르르, 나를 다독임

이상한 나라의 앨리스

imagination

상상의 날개

시간은 내 뒤꿈치에 차곡차곡 쌓인다.

빛바랜 추억과 스쳐 간 기억

건조한 일상과 흔들리는 방황도

모두 시간에 힘입어

차곡차곡 쌓여 가고 있다.

내 이 조그만 뒤꿈치에서부터

언 젠 가 . 어 디 선 가 . 무 심 하 게 . 사 라 진 다   해 도 .

—

비슷한 상처를 가진 사람들을 간혹 만나게 될 때면 눈물이
난다.

그의 상처와 나의 상처가 완전히 같지는 않을 것이다. 하지
만 같은 색을 띠고 있거나 조금의 교집합이라도 있는 것을
느낄 때면 반가워서 눈물이 난다. 그 짐을 나 혼자 지고 있는
게 아니구나, 감사해서 눈물이 난다. 그리고 견딜 수 없이 힘
들 때도 있는 것을 알기에 안쓰러워 눈물이 난다.

우리가 마주했을 때, 서로에게 해 줄 수 있는 게 많지 않다.
각자 스스로 이겨 내는 방법을 찾아가고 있기에, 견뎌 내고
있기에 그저 이야기를 들어 주고 고개를 끄덕여 주고 서로의
눈을 바라봐 줄 뿐이다. 간혹 술에 흥건히 취해 길거리에서
춤을 추기도 한다. 새벽 동이 틀 무렵 한가한 차로를 미친 듯
이 뛰기도 한다. 같이 거실에 누워 아무 말 없이 천장을 바라
보며 숨 쉬는 게 다일 때도 있다.

그리고 내가 해 줄 수 있는 가장 큰 위로는 바로, 세 번째 손
가락에 검정 매니큐어를 발라 주는 것이다.

왜 하필 세 번째 손가락이야? 욕하려고?

아 니 거 든 .   외 로 워 서 · · · .

신체 부위 중 가장 외로운 부위를 꼽으라면 나는 주저 없이 세 번째 손가락이라고 이야기한다. 삶 속에서 가장 부산스럽게 움직이는 두 손. 무언가를 해내야 하는 압박감이 가장 많을 듯한 그 두 손 가운데 외롭게 있는 세 번째 손가락. 엄지와 검지가 짝을 이루고 약지와 소지가 또 하나의 짝을 이루니 중지는 산 정상에 홀로 오른 외로운 나그네 같다.

그 외로운 세 번째 손가락은 어쩐지 우리를 참 많이 닮은 것 같아서, 우리의 슬픔을 웃음으로 덮듯이 포근히 덮어 주고자 검정 매니큐어를 칠해 주는 것이다.

누구나 상처가 있고 그 상처의 깊이를 모두 이해할 수는 없을 것이다. 하지만 어느 낯선 이의 눈빛에서, 혹은 말끝을 흐려 버린 대화 속에서 같은 색의 상처가 느껴질 때. 내가 느끼는 외로움을 그에게서 보았을 때. 나는 언제든 가방 속을 뒤적뒤적거리며 검정 매니큐어를 꺼내 들고 말할 것이다.

"세 번째 손가락에 칠해 드려도 될까요?"

시간 여행을 한 적이 있다.

꿈속에서 일어난 일이긴 하지만 오감으로 느껴지는 모든 것이 생생해 결코 꿈일 수 없는 신기한 경험이었다.

어느 순간 눈을 떠 보니 어릴 적 홍콩에서 다니던 교회였다. 80년대 유행하던 옷차림을 한 사람들이 예배당에 앉아 예배를 드리고 있었다. 목사님 설교가 한창이었다. 뒤에서 어쩔 줄 몰라 쭈뼛거리는 나를 어느 친절한 집사님께서 자리로 안내해 주었다. 여기는 어디지. 내가 왜 이곳에 있을까. 당황하며 두리번거리는데 어디서 많이 본 어린 여자아이와 눈이 마주쳤다. 나보다 서너 줄 앞쪽에서 부모님과 앉아 있는 그 아이는 무언가 이상한 듯 호기심 어린 눈으로 나를 보고 있었다. 양 갈래로 묶은 머리에 쌍꺼풀 없는 눈, 그리고 팔자 눈썹. 여섯 살의 내 모습이었다. 나는 어린 나를 마주하고 있던 것이다.

목사님 설교가 끝나고 어른들이 특별 찬양을 부르는 순서가 되었다. 세련된 단발머리에 한창 젊어 보이는 엄마와 멋진 슈트 차림에 누가 봐도 외교관인 젊은 아빠 역시 앞으로 나가 노래를 시작했다. 혼자 남은 여섯 살의 나는 앞에 있는 부모님이 쑥스러운지 깔깔대며 웃다가 이내 노래를 따라 부르더니 급기야 일어나서 춤을 추기 시작했다. 낯설지 않은 광경이다. 저 시절의 나는 툭하면 춤을 추었었다.

눈 한 번 마주친 이후로 계속 뚫어져라 쳐다보는 뒷줄의 젊은 아줌마가 신경 쓰였는지, 찬양이 끝나고 부모님의 만류로 자리에 앉은 여섯 살의 나는 힐끔힐끔 어른의 나를 쳐다봤다. 나는 그런 그녀에게 온 마음을 다해 무언의 메시지를 전했다. 분명히 닿을 거라 믿어 의심치 않았다.

"넌 괜찮을 거야. 걱정 마."

속으로 끊임없이 이렇게 메시지를 전하는데 거짓말처럼 그 어린아이의 눈빛이 순간 반짝 빛났다. 그러고는 무슨 이야기인지 알겠다는 듯 환하게 웃었다.

저런 웃음도 지을 줄 알았네, 생각하며 같이 힘껏 웃어 주었다.

그렇게 서로 바라보며 바보처럼 웃다가 나는 다시 현실로 돌아와 꿈에서 깼다.

모든 것이 생생했다.

늦여름 후덥지근한 홍콩의 공기도, 창틈으로 들어오는 그곳의 길거리 음식 냄새도, 그 시절 나를 예뻐해 주던 반가운 이들의 목소리도, 그리고 장난기 어린 여섯 살의 내 눈빛도. 어느 것 하나 꿈이라고 여길 수 없을 만큼 현실 같았다.

침대에 누워 곰곰이 생각해 봤다.
어린 시절 저런 기억이 있었는지, 엄마를 닮은 30대 낯선 여자를 보며 신기해했던 적이 있었는지 떠올려 봤다. 한참을 그렇게 뒹굴거려도 기억이 나질 않았다. 단지 꿈이었나. 조금은 실망하며 침대에서 일어나 방문을 나섰다. 순간, 문 앞전신 거울에 비친 내 모습에 발길을 멈췄다. 목 늘어난 티셔츠에 속옷 차림을 하고 머리카락은 부스스하게 한쪽으로 몰린 나를 보며 씨익 웃어 보았다.
그리고 자다 일어나 덜 풀린 목소리로,
"넌 괜찮을 거야. 걱정 마."
조용히 말해 보았다.
어디서 들어 본 적이 있는 듯한 느낌이 분명히 있었다.
그건 꿈이 아니었다고 믿을 수 있을 만큼 강한 데자뷔였다.
난 분명 그곳에 있었고, 여섯 살의 나는 이 목소리를 들은 것이다.

가끔 사람 많은 공간에 멍하니 있다 보면 혹시 미래의 내가 나를 만나러 와 있는 건 아닌지 주위를 둘러보게 된다. 정말 마주하게 되면 그곳의 나는 잘 살고 있을까, 결혼은 했을까, 원하는 목표에 다다랐을까 궁금한 것들을 물어보겠지, 하다가도 서른 살의 내가 여섯 살의 나에게 했던 그 말로도 충분할 것 같다는 생각을 한다.

눈빛만으로도 가능한 말….

"너 여전히 괜찮아. 걱정 마."

투덜대며 터벅터벅
한강변을 걷고 있었다.
강 건너편에 낯익은 모습이 보이고
그와 함께 낯익은 향기가
나풀나풀 강물을 건너
날아들어 왔다.

앗, 너다.

더 자세히 보기 위해
눈을 있는 힘껏 찡그려 보고
안 되겠다 싶어 카메라를 들고
줌인을 해 보았지만
그리운 너의 눈이 보이지가 않아.
발을 동동 구르다가 갈팡질팡하다가
최대한 가까이, 최대한 가까이
출렁이는 강물이 지저분한 나의 스니커즈에
닿을 듯 말 듯
강둑으로 다가갔다.

내가 보이니.
내가 안 보이니.
두 팔을 허우적허우적
허공에 휘저어 보고
그와 동시에 뛰어도 보고.
여전히 너는
먼 하늘만 바라보고 있다.

어디를 보는 것일까
너의 시선을 따라 하늘의 서쪽을 보니
어여쁜 초승달이 어울리지도 않게
파란 하늘에 걸려 있네
너는 그곳을 향해 발걸음을 떼기 시작했고
나는 다급해진 나머지
너를 향해 한 발 내디뎌
다정하지만은 않은 강물에
빠져 버렸다.

그리고 그곳에서

두 번 다시는 보지 못할
너의 눈을 닮은
우주를 보았어.
이걸로 됐다, 싶어 그렇게 미소 지으며
그 우주를 날아다녔어.

너의 달은 찾았니?
많이 궁금해.

몸도 마음도 급체한 나머지 저녁 내내
모든 일정을 취소하고 누워 있었다.
잠이 드나 싶더니 어느새
나는 기다란 기차를 타고 어딘가로 열심히 가고 있었다.
어디로 가는 거지?
옆에서 꾸벅꾸벅 졸고 있는 어떤 할머니를 깨워 물어보았다.
"할머니, 저 지금 어디로 가는 거예요?"
할머니는 졸린 눈을 비비시며,
"집으로 가고 있잖아, 집으로."
라고 말씀하시고 또다시 잠이 드셨다.

집? 난 집으로 가는 건가?
우리 집이 어디길래, 나는 이렇게도 기다란 기차를
타고 가는 거지?

낮에 먹었던 구스띠모 초코칩 아이스크림이 생각나서
발밑에 놓인 배낭을 뒤적여 꺼내 먹기 시작했다.
분명 아까 3인분을 혼자 다 먹었는데
아직도 남았네, 흐뭇해하며.

풍경은 바다와 산이 공존하고 있었고

잠시 후에는 난데없이 뉴욕의 거리가 나타났다.

저 멀리 내 중학교 시절 첫사랑도 보여

열심히 손을 흔들며 반가워했다.

그도 전혀 이상하지 않다는 듯 씨익 웃으며 손을 흔들었다.

다음에는 꼭 만나러 가야지. 보고 싶네, 하고 생각하며

먹어도 먹어도 넘쳐 나는 아이스크림을 먹는데

잠시 기차가 멈추더니

베티 데이비스가 올라탔다.

(오늘 킴 칸스의 〈베티 데이비스 아이스Bette Davis Eyes〉를 너무 많이 들었나 보군.)

그녀는 내 반대쪽에 요염하게 다리를 꼬고 앉더니

담배를 물어 피우기 시작했다.

담배 피우는 모습이 신성해 보일 정도로

딱 베티 데이비스답게.

담배 몇 모금을 말없이 피우더니 나를 바라보고

(Her eyes did play me like a dice.)

허스키한 목소리로 질문을 했다.

" 넌   행 복 하   니 ? "

"네…? 아, 하, 하."

"네가 가려는 그곳이 네가 원하는 곳이니?"

"아, 네…. 아마도요…."

"그럼 왜 이 기차에 있는 거니?"

"집에 가려고요."

"아직. 아직이야."

그녀는 도도한 표정으로 고개를 절레절레 흔들더니

담배를 바닥에 버리고 그녀의 구두로 지긋이 내리밟아 껐다.

(이 역시도 무척이나 우아하게 말이다.)

다가와 내 손을 잡아 일으켜 세우고 문 쪽으로 데리고 가더니

어느새 뉴욕의 거리를 벗어나 캄캄한 밤을 달리고 있는

기차에서 나를 밀어냈다.

그리고 들리는 마지막 말.

"발전을 위해서는 불가능을 시도해야 해.

 Fasten your seatbelts. It's going to be a bumpy night!"

나는 밤하늘 한가운데로 떨어지기 시작했고

그리고 눈을 떴다.

몸도 마음도 심지어 영혼까지도

급체는 여전했지만

심장은 쿵쾅쿵쾅 설렘과 불안함이 적절히 섞여

그래. 인생이구나, 하는 생각이 들었다.

—

"낙오되지 않으려면 자신의 존재를 부지런히 알려야 한다.
나도 지금 의자를 넘어뜨려야겠다.
그래야 아래층에 사는 사람이 내가 살아 있음을 알 테니까."

이렇게 버지니아는 세상을 향해 외쳤고, 나는 225밀리미터 작은 발로 세상을 밟으며 짙은 발자국을 남기고 있다. 나의 열정과 꿈과 고뇌와 눈물이, 뒤범벅된 발자국이 나의 존재를 온 세상에 알리고 있음을. 딜런이 노래 가사에서 그러했듯, 그래. 나의 무덤 앞에서 슬퍼하지 마. 나는 그곳에 없고 죽지 않았어. 나는 부지런히 걷고 있다.

나의 장례식을 미리 기획해 놓았다. 아주 가까운 친구들에게는 이야기해 놓았지만, 자세한 사항들을 이곳에 적으려고 한다.

1 .   축 제 였 으 면   한 다 .
물론 나를 못 본다는 생각에 깊은 슬픔에 잠겨있겠지만 이 것은 나에게 축복이라는 것을 기억해 주었으면 한다. 천국을 믿는 나에게 이것은 애도의 기간이 아닌 축제의 기간이다. 더 나은 곳에서 더 나은 삶을 살기 위한 여정인 것이다. 한동안 마음이 어렵겠지만 이 역시도 잠시. 우리는 언젠가 만날 것이기에 기뻐해 주었으면 한다.

2.   드 레 스   코   드

검은색은 입지 말아 주길. 자기가 가지고 있는 가장 현란한 상의를 입어 주길 바란다. 나의 죽음을 여름에 맞이했다면 그에 맞는 티셔츠를, 겨울에 맞이했다면 스웨터를 입어 주길 바란다. 그 현란함이 굳이 아름답지 않아도 좋겠다. 매해 생일마다 어글리 스웨터 콘테스트를 열었듯이 이곳에서도 어글리 스웨터 혹은 어글리 티셔츠 경연 대회가 열리길 바란다. 특별 심사 위원으로 매해 생일 이 대회를 같이 개최한 배우 김꽃비를 임명한다. 우승자 세 명에게 줄 상금은 조의금 0.5프로에서 해결한다.

3.   오   픈   마   이   크

장례식장 한가운데에 한 사람이 올라설 수 있는 작은 단상을 준비해 그곳에 마이크를 세운다. 나와의 기억을 가진 이들이 어떠한 형태로든 상관없이 나를 기리도록 자유롭게 사용하게 한다. 음악인은 나를 떠올리는 노래를 해 주거나 악기 연주를 원하는 만큼 해 주고 그림 그리는 친구는 그곳에서 나를 위한 그림을 그려 주면 좋겠다. 글 쓰는 이는 낭독을, 마술사는 마술을. 피디님과 감독님은 "소이 씨, 레디, 액션!"을 외쳐 주면 좋겠다. 자유롭게 해 달라. 형식은 없다. 그곳에 올라 나를 위한 연설을 해 주어도 괜찮으며 침묵을 1분 동안 행하여도 천국 가는 길이 행복할 것이다.

4. 음 악 은 필 수

오픈 마이크에 사람이 없을 때는 음악을 틀어 달라. 내 인생의 플레이리스트를 남기고 갈 테니 내가 잠든 곳에 음악이 끊이지 않게 해 주었으면 좋겠다. 아침 첫 곡은 무조건 비틀스의 〈여기, 저기 그리고 어디에서나Here, There and Everywhere〉.

5. 초 대 자 명 단

나의 측근들뿐만 아니라 나를 잠시라도 좋아해 주었고 생각해 주었던 모든 분이 이 축제에 함께했으면 좋겠다. 옆 빈소에 피해가 가지 않는 선에서 우리만의 마지막 추억을 불살라주길. 가능하다면 빈소는 가장 넓은 곳으로 부탁한다. 그 이유는 다음 항에.

6. 댄스 플로어

작은 댄스 플로어도 만들어 주길 바란다. 어떤 음악에도 마음껏 춤을 춰 주길. 춤에 정답은 없다. 나를 떠올리며 몸을 자유롭게 움직여 줬으면 좋겠다. 특히 내 인생의 플레이리스트 중 더 킬러스의 〈휴먼Human〉이 나오면 모두 댄스 플로어로 나와 혹은 그 자리에 일어서서 같이 후렴구 첫 부분을 떼창해 주길 바란다. 가사는 'Are we human? Or are we dancer?'다. 쉽다. 할 수 있다. 내가 가장 좋아하는 두 가지가 아닌가! 막춤과 떼창.

7. 예배

발인 예배는 있을 것이다. 다만, 마음이 내키지 않는 사람은 드리지 않아도 된다. 그냥 마음속으로 나에게 하고 싶은 말을 되뇌어 달라. 나는 다 듣고 있을 것이다.

8. 눈물

눈물은 가능한 한 흘리지 말아 달라. 하지만 나를 사랑해 준

사람들이기에 눈물이 날 것이다. 그렇다면 운 만큼 꼭 웃어 주길 바란다. 다시 한 번 말하지만 이것은 축제다.

9. 구 남 친

분명 내 옆에는 내가 가장 사랑하는 이가 있을 것이고 우리는 누구보다도 행복했을 것이다. 그래서 그는 이 항에 적을 내용도 이해하리라 믿는다. 구 남친들, 살아 있다면 무조건 와 주길 바란다. 어색해하지 말고 와서 나와의 기억을 마음껏 이야기해 주길 바란다. 디테일하게 이야기할 필요는 없으며 미화는 필수 요소다. 내가 사랑하는 이가 그를 만나기 전의 내 모습을 들으며 웃을 수 있게 해 달라. (기억해 주길 바란다. 내 인생의 사랑은 당신뿐이다.)

1 0. 화 장

희망대로 좋은 죽음을 맞이했다면 나의 장기는 기증되었을 것이다. 그러니 화장하는 것이 맞겠다. 어디에 뿌려질지는 아직 정하지 못했으니 이는 차후 덧붙이겠다.

이상이 지금까지 작성한 나의 장례식 계획이다. 향후 무엇이 더해지고 빠질지 모르지만 이 틀에서 크게 변하지 않을 것이다. 나의 장례식에 추억이 가득했으면 좋겠다. 사랑이 넘쳐났으면 좋겠다. 슬픔보다는 나의 다음 여정을 축복하는 기쁨이, 이별보다는 언젠가 기필코 다시 만날 것이라는 희망이 있었으면 좋겠다.

나는 가끔 스물일곱 살 나이에 삶을 마감한 아티스트들, 일명 27클럽을 보며 그 나이에 세상을 떠나는 게 더 편하고 행복한 것일 수도 있겠다고 생각했다. 하지만 이미 서른 살이 훌쩍 넘었으니 뭐 할 수 없지. 픽시 머리의 귀여운 로커 할머니로 늙어서 이런 멋진 장례식의 주인공이 되어야겠다.

나의 무덤 앞에서 슬퍼하지 말길, 나는 그곳에 없고 나는 죽지 않았다.

—

길을 잃었다면

혹시

여기 있는 내가 보이지 않아

잠시 멈춰 서 있다면

서두르지 마요

괜찮아요

한 호흡 놓고

다시금 귀 기울여 내 목소리를 찾아 줘요.

나는 여전히 당신을 위해 노래하고 있어요.

Follow my voice

Follow my song

Follow the rabbit

Always, follow the rabbit

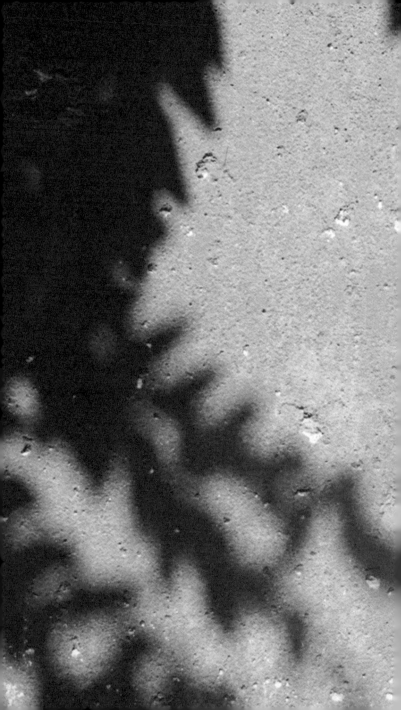

죽지 않아,

passion

열정

서른이 넘었지만 세상은 여전히 나에게 녹록지 않은 대상이다.
아니, 서른이 넘었기에 더욱더 힘겨운 상대로 다가오는 것일
테다.

열정과 희망만으로 걷기엔 자갈밭뿐인 이 길에 맨발바닥이
쉽게 찢긴다는 것을 이미 너무 잘 안다. 원하는 것을 입 밖으
로 내뱉는 순간 혹은 그 전에 마음속으로 인정하는 순간 세
상은 온갖 힘을 작동해 그것을 막아 낸다는 것도 깨달은 지
오래다. 예를 들어, 어릴 적 새 학기를 맞아 산 어여쁜 연필
한 묶음을 몽당연필이 되기 전에 모조리 잃어버리는 것도,
큰마음 먹고 운동하기 위해 끊은 수영 학원을 하필 당일 마
법에 걸려 일주일 정도 못 가게 되는 상황도 우주의 이런 저
항 세력에 의한 것이라고 볼 수 있다.

간혹 여력을 다해 이 원리에 맞서 싸운 끝에 내가 꿈꾸고 원
했던 것을 얻는다 해도 그건 기적이라고 불리는 흔치 않은 사
건일 뿐이다. 삶의 마지막 눈 감는 날에도 떠오를 그 사건들
을 위해 우리는 매일매일 희망을 안고 맨발로 자갈밭을 걷는
것일 테고, 못된 계모와 같은 세상과 장렬히 싸우는 것이다.

태생부터 긍정적이지 못하고 걱정이 많은 나는 이 전쟁에 동

등하게 싸울 수 있는 전신 갑주를 입기까지 혹독한 과정을 겪어야 했다. 너무 쉽게 무너지고 쓰러지고 피 흘리며 한없이 우울했던 시기. 그 힘겨운 20대를 겨우 지난 지금 조금 더 단단해졌다. 칼을 뽑는 법도 배웠고 방패로 스스로를 지켜 내는 방어술도 익혔다.

하지만 아무리 강해졌다 생각해도 방심을 틈타는 공격에 한순간 무너질 때가 있다. 딱히 무슨 일이 있었거나 안 좋은 상황이 없어도 스멀스멀 도사리던 우울함이 어느 아침 눈을 뜨자마자 이때다 싶어 어퍼컷을 날린다.

그런 날이면 어떠한 의미도 찾지 못한 채 하루를 흘려보낼 수밖에 없다. 이 우울함의 원인을 찾아보려 해도, 혹시 배가 고파서 그런가 싶어 먹고 또 먹어도 도무지 나아지질 않는다. 잠을 못 자서 그런가 껌껌한 방에 누워 아무리 잠을 청해도 가시질 않는다.

이유는 무슨. 우울함은 그냥 우울함인 것이다, 깨닫는다. 오늘 하루 나는 세상의 저항 세력에 멋지게 패했다는 것을 인정하며 전후 관리를 위해 좋아하는 시트콤을 틀어 놓고 멍하니 앉아 있다.

어서 이 하루가 지나가길 바라며 내가 다시는 지나 봐라, 이를 아득아득 갈면서 내일 다시 시작되는 전쟁에 대비한다.

이것이 내가 이야기해 줄 수 있는 청춘이다.
쩔쩔맬지언정 지지는 말자는, 청춘이다.

서른 넘은 미혼 여성으로 한국에서 사는 것은 쉬운 일이 아니다. 많은 이들로 하여금 '노처녀' 카테고리에 분류되고 가끔은 걱정스러운 눈빛과 갸우뚱한 고개를 동반한 "결혼은 안 해?"라는 질문에 의연해야 하는 수고를 겪는다.

매해 꾸준히 다니던 록 페스티벌에서 내일이 마지막인 듯 춤을 출 때에도, 외모 꽤 괜찮은 사람에게 반해 밤잠 설치며 설레어 할 때에도, 항상 배워 보고 싶었던 과격한 스포츠를 큰마음 먹고 시작할 때에도, "그러기에는 이제 나이를 생각해야 하지 않아?"라는 반응을 얻기 쉽다. 놀림감이 되기 일쑤고 드라마에서조차 희화화된다. 뭣 모르고 같이 깔깔 웃다가도 마음 한편에 싸한 찬바람이 인다.

직장이나 사회 모임에서 자칫 잘못하면 어리고 예쁜 여성을 질투하는 민폐 캐릭터로 비추기 십상이다. 단지 "저 너무 살쪘죠."라는 멋치 몸매의 어린 여성의 말에 "장난해?"라고 우스갯소리로 대답한 것뿐인데 말이다.

가족들에게도 예외 없이 걱정의 대상이다. 함께 식사하면 모든 이야기의 마지막 주제는 결혼 안 한 딸의 미래이다. "앤 누가 데려갈까?"부터 "좋은 사람 만날 거야."라는 마음에 와닿지 않는 위로까지, 적응 필수다. 서른이 되는 미혼 여성들에게 나눠 주는 '서른, 미혼 여성의 적응을 위한 가이드북'이 존재한다면 분명 첫 장에 적혀 있을 것이다.

4×4 상자 안에 내 자신을 구겨 넣은 듯해서 이곳을 벗어나고 싶은 느낌이 든다. 그래서 기회가 될 때마다 여행을 가는데 운이 좋아 떠난 해외여행에서 마침내 펴냈던 몸집과 날개는 인천 공항에 도착함과 동시에 접히고 구겨진다. 답답하고 불편하고 심지어 쥐가 나서 아프다.

더욱 무서운 사실은 이 작은 상자에 몸이 적응되어 괜찮아진다는 것이다. 그렇게 네모난 상자의 모양을 본뜬 상태로 사회에서 정해 준 기준이 내 기준인 양 사람을 만나고 사랑하고 삶을 살아간다. 나이 드는 것이 나라를 잃는 듯한 두려움이 되고 어떠한 시도도 할 수 없는 존재로 자신을 인식하게 되는 것이다.

이런 절박함 속에 매번 찾는 곳은 서점의 아동 서적 코너다. 내 안에 점점 잊히는 소녀를 찾기 위해서. 꿈꾸는 것을 멈추지 않는 그 소녀만이 이 거북한 상자에 갇힌 나를 구원해 주기 때문이다.

아이들 사이에서 그림책을 읽으며 울고 웃다 보면, 물론 이상하게 쳐다보며 킥킥대는 꼬마 아이들 덕에 간혹 창피하기도 하지만, 서른 넘은 미혼 여성이 아닌 여전히 꿈을 꾸는, 그리고 그 꿈을 향해 최선을 다하는 나로 돌아와 기꺼이 그 4×4 상자에서 벗어날 힘이 생긴다.

그림책이 아니어도 좋겠다.

미래의 내 모습을 그리며 설레어했던 학교의 교정. 사랑에 온 마음을 던져 써 내려간 옛 편지들. 용기 있던 그 소녀를 가둬 둔 빗장이 풀리도록 다시금 꿈을 꾸게 한다면 결코 구겨지거나 접히지 않을 것이다.

네 안의 소녀를 꿈꾸게 하는 것을 멈추지 마라.
이것이 바로 우리의 '서른, 미혼 여성의 적응을 위한 가이드북' 제1장 1절일 것이다.

사계절 중 가장 좋아하는 계절을 고르라면, 단연코 여름이다. 여름의 모든 것이 좋다. 이 뜨거운 계절을 칭하는 '여름'이라는 단어가 좋고, 일찍 뜨는 해와 느지막이 지는 석양이 좋고, 밤낮으로 울어 대는 매미의 울음과 바람에 흔들리는 나뭇잎의 서걱거림 같은 여름의 소리도 나를 설레게 한다.

여름에만 열리는 페스티벌들. 그곳에서 뿜어내는 사람들의 열기도, 그리고 가끔 나타나는 광기까지도 여름이라는 이름 하에 멋져 보인다.

이런 여러 이유 때문인지 여름만 되면 내 안의 짐승이 아주 활발하게 활동을 한다. 동면을 취하던 그것은 봄바람에 슬그머니 눈을 뜨는 듯하다가, 본격적인 여름의 향기가 코를 시큰하게 자극할 즈음 기지개와 함께 살아나 움직이기 시작한다. 이성보다는 감성과 본능이 주도권을 갖게 되고 무모함이 조금은 허락되는 시기. 보름달에 늑대가 반응하듯이 여름이 오면 나는 사뭇 그 색깔이 진해진다.

나는 이것을 'summer fever, 여름 열병'이라고 부르는데, 이 열병에 의한 추억이 참 많다. 해외 록 페스티벌에서 좋아하는 밴드 음악을 가까이 듣기 위해 무대 앞까지 수많은 인파를 뚫고 들어가 펜스 잡고 열광적으로 울어 보기도 했고(수만

명이 모인 록 페스티벌에서 이것이 얼마나 어려운 일인지 가 본 사람만이 알 것이다), 밤새 춤추고 놀다 집에 가기 아쉬워 즉흥적으로 여행을 떠난 적도 있었고, 평소에는 남자가 아닌 '인간'으로 보이던 남자 '사람' 친구가 여름밤의 어느 순간 정말 귀여워 보여 심장이 두근거린 적도 있었다.

다른 계절에도 충분히 있을 법한 일들이지만 여름에 유독 도드라지게 많이 일어나는 현상이기에 나는 이 계절이 무척이나 좋다.

여름의 매미 소리가 세상에서 가장 야한 소리라고 생각하는데, 그 매미 소리를 인간의 언어로 통역할 수 있는 통역기가 생긴다면 엄청나게 솔직하고 낯 뜨거운 말이 들릴 것이다.

그래서 그런지 여름밤, 집 앞에 앉아 매미 소리를 듣고 있으면 저들은 저리도 용감하게 사랑을 외치는데 나는 여름의 끝자락에서 무엇을 하고 있나, 하는 생각이 들어 불끈 용기를 얻고는 한다.

그래서 실제로 여름 즈음에 겨우내 숨겨 둔 마음을 고백한 적이 많다.

얼마 전 침대에 누워 잠들 채비를 하다가 문득, 즐길 수 있는 여름이 아마 스무 번 정도밖에 안 남았다는 생각이 들었다. 그리고 가만있자, '자유롭게' 즐길 수 있는 여름은 아마⋯. 여름 열병에 온전히 몸과 마음을 맡길 수 있는 내가 그토록 사랑하는 여름은 정말이지 몇 번 안 남았을 수도 있겠다는 생각에 잠이 화들짝 깼다.

올 여름은 매미에 지지 않게, 더욱더 열심히 사랑하고 더욱더 열심히 움직이고 더욱더 절망과 싸우며 더욱더 춤을 춰야겠다.

겨우내 담아 온 감정을 여름에 쏟아 내듯이 겨우내 그리워할 기억을 여름에 잔뜩 만들어 놓는다. 개미가 식량을 비축해 두듯이 추억을 차곡차곡 쌓아 둔다. 그래서 여름이 좋다. 미칠 듯이 좋다. 조금은 무모해질 수 있는, 열병이라고 말할 수 있는 여름의 뜨거움이 그래서 참 좋다.

———

가을이 힘든 이유를 나열하자면 끝도 없겠지만, 가장 힘겨운 것은 실패의 끝자락을 미련스레 부여잡고 있는 듯한 느낌이 들어서일 테다. 뜨거웠던 여름이 지는 것은 아마 내 청춘의 잎사귀 하나가 바싹 마른 낙엽 모양으로 땅에 떨궈진 것과 같은 것. 그것을 바라보며 아무것도 할 수 없는 내 무력함에 발걸음이 느릿해진다. 수도 없이 실패한 지난 사랑의 흔적이 휘몰아쳐 그 자리에 무방비 상태로 차가운 바람에 맞서서 있을 수밖에 없다.

올가을 역시 기대를 저버리지 않고 나의 실패를 재확인시켜 주었다. 9개월간 준비하고 있던 영화 촬영이 어처구니없는 이유로 불발되고, 집주인은 전세금을 3분의 1이나 올렸다. 오래전부터 가려고 계획하고 있던 음악 페스티벌 예매에 실패했고 1년을 붙들고 있는 노래 가사는 여전히 나올 기미가 없다.

사랑. 사랑은 여전히 내 편이 아니었다. 겹겹이 쌓여 가는 실망에 난 과연 누군가를 만날 수 있는 존재이긴 한 것인가, 근본적인 고민에 빠져들었다.

내 뜻대로 되지 않는 것들에 지쳐 그나마 내 마음대로 해낼 수 있는 운동을 다니려고 마음먹었다. 매일 아침 무거운 몸을 일으켜 터벅터벅 헬스장으로 향했다. 운동이 전혀 흥미롭지 않은 나에게는 죽도록 힘겹기만 한 동작이 대부분이다. 이조차도 해내지 못하는 내가 형편없어 가끔 눈물을 찔끔 흘리기도 한다. 오늘은 따라잡지 못하는 동작에 화가 났지만 용케 눈물은 참았다. 꼬박 한 시간을 채우고 돌아오는 길에 배가 고파 동네 반찬 가게에서 무말랭이를 샀다. 맛깔스러운 반찬들이 뽐내듯 진열되어 있는 가운데 붉은 양념에 파묻혀 말라비틀어진 모습이 남 같지 않아 무말랭이를 선택했다.

반찬 가게를 나와 휴대전화로 오늘 발매된 여러 신보를 보던 중 꾸준히 음악을 하는 뮤지션의 노래가 눈에 띄었다. 열심히 사는구나, 나만 제자리걸음이네. 스스로에 대한 한심함, 그리고 부러움과 질투가 뒤섞인 기분으로 그녀의 음악을 듣기 시작했다. 첫 소절과 함께 운동하면서 기껏 참아 냈던 울음이 왈칵 터져 나왔다. 눈시울이 뜨거워지면서 시야가 가려져 손을 뻗어 앞에 있는 은행나무를 붙들었다. 그렇게 한 손으로 나무를 붙잡고 한 손으로는 무말랭이를 들고 엉엉 울었다. 땅에 떨어져 으스러진 은행이 풍기는 냄새가 고약했다. 이 역시도 또 다른 핑곗거리가 되어 한참을 더 울었다.

노래가 끝나고 눈물도 잦아들어 심호흡을 두어 번 했다. 그러고 나니 조금 부끄러워졌다. 고개를 돌려 아무도 없는 것을 확인했다.

다행이다. 붙잡고 있던 은행나무를 놓고 땅에 떨어진 은행을 괜스레 툭툭 건드려 보았다. 그리고 서늘하게 불어오는 바람에 머리카락 펄럭이며 무말랭이가 든 비닐 봉투를 꼬옥 쥐고 집으로 향했다.

가을, 고약한 놈.

발밑에 배인 은행 냄새가 코끝을 진동했다.

—

짧지 않은 시간 동안 나의 푸념을 들어 온 그녀가, 생일 카드를 손에 쥐어 주었다.

"시간의 정치적 공정성을 비껴가지 못할 거예요.

시간은 누구에게나 공평하게 흐를 거고

우리는 더 늙어 갈 거고

더 현실적으로 될 테니까요.

우리 사는 이번 생은 그냥 일회용품 같은 거죠.

순리대로 흘러가다 보면 결국 난지도.

똑같이 화장터에서 태워질 거

굳이 아등바등하며 살 필요 뭐가 있을까요.

그냥 좋을 대로 반짝거리며 지금을 즐기면 안 될까요.

아프고 힘들어도 지금이 좋아요.

왜냐면 아직 젊으니까요.

아직 젊고 반짝거릴 나이니까요.

그래요.

기운 내서, 또 내일을 살아야죠.

앞으로도 반짝일 것을 기대하면서."

눈물이 핑 돌았다.
앞으로 매해 생일에 이 카드를 꺼내 들고 통독해야지 하는
다짐과 함께 든 생각은,
이제 그만 징징거려야겠다.

△ 생일 메시지 written by Pauline Kim

—

가장 사랑하는 도시로 홀로 여행을 떠났다. 며칠 전, 구 남친에게 "자니?"에 버금가는 부끄러운 문자를 보내 놓고 '읽씹'이라는 것을 당한 사건에서 회복되지 못한 상태였다. 열 시간이 넘는 비행 동안에도 몇 번이나 "으억" 괴성을 지르며 몸을 배배 꼬아 옆 승객을 놀라게 했다. 이 여행을 통해 망각이라는 신의 선물을 즐겨 봐야겠다며 예약해 두었던 호텔로 향했다.

크리스마스를 앞둔 거리는 반짝이는 불빛과 들뜬 공기로 가득했다. 호텔 앞 역시 화려한 차림에 루돌프 코를 하고 있는 여자들과 산타 모자를 쓴 남자들로 붐볐다. 파티 호텔인가, 별생각 없이 체크인을 하고 방에 들어와 잘 준비를 했다. 시간은 겨우 밤 열시가 지나고 있었지만 함께 밤거리를 누벼 줄 누군가가 없었다. 조식을 기대하는 마음으로 스스로를 위로하고 이불을 덮고 누우려는데 벽을 타고 음악 소리가 들렸다. 무시하고 잘 수 없는 음량. 어디에서 파티를 하는 건가, 창문을 내다보고 복도를 나가 봐도 도무지 알 수가 없었다. 베개로 귀를 막고 비행기에서 나누어 준 귀마개를 끼워 봐도 밴드가 직접 연주하는 댄서블한 음악은 내 귓속을 두드리며 말을 건넸다.

이래도 잘 거야? 이래도? 이래도?
눈을 질끈 감고 한참을 뒤척이고 있는데 킹스 오브 리온의
노래가 나오기 시작했다. 아, 이 노래가 흐르는데 누워 있으
면 이 형제 밴드에 대한, 더 나아가 록에 대한 범죄이지. 벌
떡 일어나 옷을 주섬주섬 입고 소리의 출처를 찾아 헤맸다.
마침내 음악이 흐르는 곳의 문을 열어 보니 2층 어느 홀에
서 하우스 밴드 음악에 맞춰 사람들이 신나게 춤을 추고 있
었다. 어느 회사의 크리스마스 파티인 듯했다. 그래 올 것이
왔구나. 당당하게 댄스 플로어로 비집고 들어가 방금 흐르
기 시작한 더 킬러스의 〈휴먼〉 가사를 초등학생이 조회 시
간에 애국가 외쳐 부르듯 목이 터져라 따라 부르며 춤을 추
기 시작했다. 다들 이 낯선 동양인은 누군가, 하는 표정으로
쳐다봤지만 그것도 잠시. 나의 춤사위와 목청껏 불러 젖히는
노래에 곧 우리는 하나가 되어 킬러스 노래를 합창했다.
Are we human? Or are we dancer?
마치 오랜 동료처럼 떼창과 떼춤을 즐기며 사내 포토그래퍼
앞에서 같이 이런저런 포즈를 지어 보기도 했다. 내일이 없
는 듯 한참을 놀다가 땀을 식히려 댄스 플로어를 빠져나와
벽에 기대어 쉬고 있었다.

갑자기 어느 나이 지긋한 할아버지가 다가오더니 내 옆에 멈추어 섰다. 해리포터 시리즈에 교수님으로 나올 법한 분위기의 할아버지였다. 그 근엄함에 순간 초청받지 못한 손님이라는 나의 처지가 부끄러워지며 더듬더듬 묻지도 않은 말에 대답을 했다.

"사실 저는 이 호텔에 묵는 손님인데요, 노랫소리에 와서 보니 너무 신나서…."

말이 끝나기도 전에 그 근엄한 할아버지는(지금 생각해 보니 그 회사의 사장이었던 것 같다) 미소를 지으며 고개를 절레절레 흔들더니, 샴페인 잔을 들어 올리며 한마디 말을 남기고 스윽 사라졌다.

" J u s t   d a n c e . "

"춤을 춰."

그것은 올 한 해 들었던 그 어떤 조언보다 강한 두 단어였다.
상황이 어떻든 그냥 춤을 춰.
삶이 엉거주춤 불편한 순간에도
이불을 걷어차고 싶은 적지 않은 아침에도

이대로 평생 고개를 들고 싶지 않은 사건에도
그냥 춤을 춰.

할아버지가 사라진 쪽을 멍하니 보다가 핑 도는 눈물을 닦아
냈다.
그러고는 불끈 솟아나는 힘으로 다시금 댄스 플로어를 물살
가르듯 들어갔다.
그래, 나는 옥수동 댄싱퀸. 지쳐 쓰러질 때까지 춤을 출 테다.
끌려 나올 때까지 춤을 출 테다. 내일의 해가 뜰 때까지 춤을
출 테다. 그렇게 기억하기 싫은 모든 순간을 위해 나는 춤을
출 테다.

Dance. Just dance.

나는 잘하고 있는 걸까, 오늘도 스스로에게 묻는다.

'오늘은 뭐 입지', '뭐 먹지', '무엇을 할까'만큼이나 흔하게 하는 질문이다. 하루에도 몇 번씩, 운전하다가, 부은 눈으로 양치하다가, 친구들과 수다를 떨다가, 심지어는 생각을 비우러 간 요가를 하다가도 묻는다.

나는 잘하고 있는 것일까? 나는 도대체 무얼 하고 있는 걸까?

10여 년 전, 결혼을 결심한 적이 있었다. 이 사람과 평생 함께하고 싶다는 생각만으로 일도 기꺼이 그만둘 준비를 했었다. 이런저런 이유로 그 큰 결심은 물거품이 되었고 심적으로 자갈밭을 달리던 나날을 지내면서 과연 내가 연예인이라는 길에 들어서지 않았다면, 그 순간 다른 선택을 했다면 어떤 모습일까 상상하며 리스트를 작성했었다.

1. 지하철 타고 등하교하는 핑크 숄을 한 까맣고 긴 생머리의 대학원생

2. 남자 친구 사진이 붙어 있는 칸막이 친 책상에서 일하는 회사원

3. 목 늘어난 면 티셔츠에 청바지 입고 뉴욕을 누비는 무척이나 가고 싶었던 영화 학교 학생

4. 기저귀, 우유병 등이 들어 있는 가방을 들고 유모차를 끌며 또 한 명의 생명을 배 속에 키우는 어린 엄마

이런 리스트를 끄적이며 20대 초반의 나는 지금과 똑같은 질문을 했다. 잘하고 있는 걸까. 길을 잘못 들어선 게 아닐까. 겁이 났다. 하지만 다시금 멈춰 있던 발을 내디딜 수 있었던 것은 리스트의 어떤 모습도 내가 꾸고 있던 꿈을 이길 수 없기 때문이었다. 열정을 이길 수 없기 때문이었다.

끊임없이 표현하고 만들어 내고 이야기하고 싶었다. 그 이야기들을 연기를 통해 음악을 통해 글을 통해 그려 내는 것이 나의 꿈이었다. 죽을 때까지 열정을 흘려보내지 않고 이 꿈을 꾸는 것이 나의 꿈이었다.

지금도 이것은 내가 끊임없이 꾸는 꿈.

단지 지금 10년 전과 달라진 게 있다면 현실을 좀 더 인식하게 되었고 그 현실과 싸우는 법을 터득하게 되었다는 점이다. 현실에 대항해서 지는 과정에 익숙해지고 이기는 순간이 많지 않다는 것을 깨달았다는 점이다. 그리고 신은 이 둘을 인생에 적절히 안배해 놓았고 현실을 이기는 그 많지 않은 순간은 놀라울 정도로 거대한 힘을 실어 준다는 것을 몸

소 체험했다는 점이다.

잘하고 있는 것일까, 하는 생각이 쌓이고 쌓여 굳은살처럼 머리에 박이고 마음까지 내려앉게 한다면 다시금 리스트를 작성하려고 한다. 자세하고 구체적인 모습으로 작성한 다음 지금 안고 있는 꿈의 그림과 저울질하여 그 무게를 재 볼 것이다. 그리고 달아 본 꿈의 무게가 더 무겁다면 잘하고 있네, 안도하며 한시름 덜어 낼 것이다.
물론 그 다음 날, 눈 뜨자마자 똑같은 질문을 하겠지만 말이다.

What the hell am I doing.
제기랄, 난 뭘 하고 있는 거냐.

———

이것은 아주 어두운 이야기다. 아마 내가 할 수 있는 가장 우울한 이야기일 테다.

10대의 마지막 즈음, 세상의 근원은 슬픔이라는 것을 깨달았다.

사랑도 희망도 아닌 도무지 이해할 수 없는 슬픔만이 이 세상에 존재하는 모든 것의 시작이자 끝이었다. 불우한 일을 겪은 것도 아니고 격한 사춘기를 보낸 것도 아니다. 그냥 눈을 뜨는 순간부터 다시 잠드는 순간까지 매 일분일초의 바탕에 슬픔이 서려 있었다.

한 해 한 해 지나 생각이 점점 묵직해지고 인간의 존재 이유를 나름 열심히 고민할 무렵, 이 생각은 더욱 확고해졌다.

세상은 슬프다.

인간은 태어남과 동시에 파괴를 한다. 온전한 것을 파괴하며 인생을 이어 간다.

어머니의 살을 찢고 나와 탯줄이 잘리는 순간부터 아무도 살아 보지 않은 완전한 내일을 오늘로 살아 내며 나의 것으로 파괴해 나간다.

호흡하며 음식을 먹으며 달리며 손을 잡으며 관계를 맺으며 사랑을 하며 이별을 하며 물리적인 파괴와 함께 정신적인 파괴를 한다.

그것이 곧 살아가는 행위이다. 매 순간 그 파괴와 함께 우리는 슬픔을 몸소 겪으며 살아 내는 것이다.

영 원 한   것 은   없 다 .

우리가 이야기하는 영원이란, 태초에 인간이 '알기 위해' 선악과를 따 먹었을 때 이미 산산이 조각나 버렸다. 진리라든지 사랑이라든지 영원하다 일컬어지는 것들은 이미 그날 죽었다.

이 시대에 흔히 쓰이는 이런 단어의 개념은 모방일 뿐이다. 단어일 뿐이다. 진정 태초에 존재했던 그 개념은 시간의 구속 없이 무한했기 때문이다.

진리가 각 개인의 사실로 여겨지고 사랑의 가변성이 당연시되고 영원이라는 것에 상대성이 부여된 세상에 있는 우리는 슬프게도 각종 모방을 진짜로 인식하며 살아간다.

그래서 슬픈 것이다.

행복이 없다는 것이 아니다. 하지만 진정한 행복이란 영원한 것이 아닐까.

그 행복의 끝에 오는 아쉬움과 아련함은 슬픔의 다른 색일 것이다.

우리가 알고 있는 행복은 행복의 조각일 뿐 온전한 행복은 아니다. 이 슬픈 세상을 살면서 아픔을 겪으면서 그 생채기를 달래기 위해 자신에게 주는 마취제라고 할 수 있다.

그럼 세상은 죽기 위해 사는 것일 뿐입니까? 끝만 기다리며 살아가야 합니까?

이렇게 묻는다면 사실 할 수 있는 말이 없다.

다만, 우리에게 희망이 없지 않다고 생각한다. 신앙을 떠나서 말하자면, 사후 세계를 논하지 않고 현생에서의 희망을 이야기하자면, 우리에게 선택권이 있다는 것이다. 세상의 슬픔에 몸을 맡긴 채 흘러갈 것인지, 길지 않지만 조각조각 삶에 심어져 있는 행복 비슷한 것을 찾아내며 슬픔의 기류에 맞서 싸울 것인지. 우리에겐 선택권이 있다.

존 서덜랜드 본넬이라는 사람에 의하면,

"너무 많은 슬픔에 젖어 있는 이 세상에서 우리는 역량껏 기쁨을 만들어 내야 하는 의무가 있다."

의무라고까지는 보지 않지만 이 방법이 우리가 안고 있는 유일한 희망이라고 생각한다.

사랑의 끝이 무서워 그것과 함께 오는 기쁨을 포기하지 않기를. 거절이 무서워 도전해 나가는 기쁨을 포기하지 않기를. 슬픔에 맞서 일어서는 기쁨을 포기하지 않기를. 비록 조각난 모방품에 불과한 그것일지라도 행복을 놓지 않기를. 그것만이 슬픔 가득한 이곳에서 양보해 준 희망이다.

이 것 은   아 주   어 두 운   이 야 기 이 다 . 아마 내가 할 수 있는 가장 우울한 이야기일 테다. 그리고 내가 할 수 있는 가장 희망적인 이야기일 테다.

———

좋아하지도 않는 공포 영화를 절반은 두 눈을 가린 채로 감상하고 나오면서 친구가 물어 왔다.

"넌 가장 무서운 게 뭐야?"

단 1초도 주저하지 않고,

"어느 날 아침, 눈을 떴을 때 어떠한 열정도 남아 있지 않을까 봐, 그런 아침이 불현듯 찾아올까 봐, 그게 제일 무서워."라고 대답했다.

무섭다. 두려운 것이 아니라 무서운 것이다.

어느 날 아침(혹은 오후) 여느 때와 다르지 않게 침대에서 일어나 화장실로 들어간다. 졸린 눈을 채 뜨지도 못하고 양치를 하고 있을 때 문득 무엇인가 달라진 걸 느낀다. 양치질하고 눈곱도 떼고 코도 풀고 나서 거울에 비친 퉁퉁 부은 얼굴을 한참 바라보니 그제야 무엇이 문제인지 깨닫는다. 하고 싶은 일이 없다. 조금의 열의와 두근거림도 없이 해야 할 일들만 두 발 앞에 나열되어 있다. 열정이라는 것을 지난 수십 년간 조금씩 조금씩 흘리고 다녀, 오늘에 와서는 바닥이 난 것이다.

이것은 공포이다.

밤에 들리는 기이한 쇳소리보다, 꿈에 나타나는 긴 머리 흰 소복의 처자보다 말할 수 없이 공포스러운 상황이다.

서른을 넘기면서 자주 하게 된 말이 있다.
"Been there, done that."
이미 가 본 곳이고, 해 본 일이다.
가령 친구가 무지 괴롭히는 상사 이야기를 하면서 어찌나 속을 박박 긁는지, 퇴근은 또 어찌나 일부러 늦게 시키는지 당장에라도 이직하고 싶은 이 마음을 너는 아니, 하고 물을 때 모두 이해하는 표정으로,
"알지. Been there, done that."
또는 남자 친구가 친한 여자 사람 친구랑 밤마다 주고받는 우정의 문자가 너무너무 신경 쓰여 잠이 오질 않는다고, 뭐라고 하기에는 속 좁은 여친이 되는 것 같고 그렇다고 아무 말 없이 있자니 그 여자 사람 친구가 얄미워 죽을 것 같다고, 이런 기분 너는 아니? 물어 오면 분노에 찬 표정으로,
"야, 완전 알지. Been there, done that."
이미 겪은 일이고 가 봤던 곳이기에 다시는 그런 일이 없도록 조심해야지, 다잡는 의미도 내포되어 있다.

친구가 정말 멋진 남자를 소개해 주고 싶은데 한 가지 마음에 걸리는 것은 남자 뮤지션이라 여자로 치면 엄청난 '디바'일 것 같다는 무서운 선입견을 토로할 때,

"Been there, done that. 안 해. 절대 안 해. 목에 칼이 들어와도 안 해."

10박 11일 무전여행 떠나자는 제안에,

"Been there, done that."

뜬금없이 현대무용을 배워 볼까 해도,

"Been there, done that."

이미 여자 뮤지션보다 훨씬 디바 같은 남자 뮤지션을 만나 누가누가 더 우울하나 배틀도 떠 봤고, 무전여행이란 것이 진한 추억으로 남는 이유가 고생과 땀과 관계를 틀어 놓을 수 있는 친구와의 다툼이라는 것도 알고, 현대무용을 비롯한 어떠한 형태의 무용을 하기에 나의 유연성은 턱없이 부족하다는 것도 욱신거리는 근육통을 통해 이미 깨달았기 때문이다.

Been there, done that. 이 말을 뱉어 낼 때마다 나는 열정을 한 움큼씩 흘려 버린다. 안 될 것을 이미 경험해 버린 습득된

무기력함만이 텅 빈 열정의 바구니에 담겨 있는 것이다.
그것을 몸소 확인하게 되는 그 어느 날의 아침이 나는 가장
무섭다.

그런 날은 오지 않을 것이라고 확신하진 못하겠다. 이미 흘
려 버린 부스러기들이 어느 정도 있기 때문에. 하지만 스스
로 그 무서움에 맞서 싸울 수 있는 방법은, 완전히 똑같이 되
풀이되는 일은 세상 어디에도 없다는 것을 믿는 것이다. 운
명처럼 만난 남자 뮤지션이 넉넉한 마음에 나의 우울함을 견
뎌내어 주는 사람일 수도 있고, 다시 떠난 무전여행에서 인
생을 돌아보게 될 수도 있다.
Been there, done that의 경험으로 규정지어 놓기에는 인생
은 기분 좋은 변수를 기꺼이 내어 준다. 그렇게 흘려 버린 열
정을 다시금 주워 담을 수 있는 기회가 오는 것이다.

아, 현대무용…. 그래, 다시 해도 안 되는 것이 있겠다. 그럴
수도 있겠다.

가까운 이들이 소중한 것은,

friends&family

사람들

당신의 안부를 묻습니다.
닿지 않을까 걱정되어
모든 점을 통해
가느다란 선을 타고
삐뚤삐뚤 이어진
관계들을 넘고 넘어

언젠가는 도달할
나의 정성 어린
인사,

안부를 묻습니다.

무료함을 견딜 수 없었던 오후. 충동적으로 가장 이른 비행기 티켓을 끊어 친구의 나라로 건너왔다. 이민 가방 같은 짐을 낑낑 들고 문에 들어서는 나를 보며 친구는 눈이 휘둥그레진 채 "무슨 일 있어?" 물었다.

"그냥, 무료해서."

마감일이 한참 지난 글을 쓰다가 안 되겠다 싶어 날아왔다. 길지 않은, 하지만 나름 할 이야기가 많은 서른셋의 삶을 정리하는 작업을 하고 있었다. 2차 원고까지 넘기고 무언가 부족한 느낌이 들어 기억하고 싶은 수많은 순간을 떠올리며 브레인스토밍을 하다가 내리쬐는 햇볕에 그만 모든 게 무료해진 것이다. 가장 먼저 늦은 저녁 식사로 좋아하는 가게에서 돈코츠 라멘을 먹었다. 그것도 모자라 한국에서는 찾기 힘든 츠케멘까지 깨끗이 비워 냈다. 남산만큼 불러 온 배를 소화시키려 에비스 거리를 친구와 걸었다. 매실주를 마시며 새벽 축구 경기를 보자는 아이디어에 근처 슈퍼마켓에서 생과자와 마른안주를 잔뜩 사 들고 집에 돌아왔다.

친구의 어머니가 직접 담그셨다는 매실주는 생각보다 강했다. 얼굴이 벌게진 채 내일이 없는 듯 주전부리를 먹어 치우며 낄낄대다가 경기 전반전이 시작되기도 전에 거실에서 곯

아떨어졌다.

다음 날 아침, 고양이의 꾹꾹이 세례에 겨우 눈을 떠 보니 머핀을 으깨어 덕지덕지 붙여놓은 듯한 몰골에 머리는 깨질 듯이 아팠다. 소파에 고양이와 한참을 멍 때리며 앉아 있는데 초인종이 울렸다. 그제야 친구가 집에 없다는 것을 깨달으며 무거운 몸을 이끌고 문을 열었다. 친구는 어떤 멋진 할아버지와 함께 문 앞에 서 있었다.

"잠깐 물건 전해 줄 것이 있어서. 괜찮지?"

나는 퉁퉁 부은 눈을 한 손으로 가리고,

"아하하, 처음 뵙겠습니다. 몰골이 이래서 죄송합니다."라며 쑥스러워했다.

할아버지는 마이클 잭슨 티셔츠에 알록달록한 무지개 바지를 입고 있었다.

"괜찮아 괜찮아. 귀엽네! 반가워."

친구는 한국에서 온 친구라며 나를 소개하고 곧 할아버지에 대해서 이야기해 주었다. 그는 동네에서 작은 술집을 운영하는 게이 할아버지란다. 패션 디자이너 출신으로 센스도 좋고 유머 감각도 뛰어나 동네 사람들이 그의 가게를 자주 찾는다고 했다.

"우와, 멋져요."

"나이를 맞춰 봐."

할아버지의 질문에 쉰 살 정도를 생각했지만 예의상 마흔두 살이라고 말했다.

"그것보다 조금 많아."

그는 멋들어진 미소를 지으며 여섯 개의 손가락을 들어 보였다.

"예순 살이라고요?"

진심으로 깜짝 놀라 그를 쳐다보았다. 사실 마흔둘이라고 했어도 어느 정도 믿을 법한 건장함을 지니고 있었다.

"비법이 뭐예요?"

"어린 남자 친구지."

그러면서 그를 처음 만난 날을 이야기해 주었다.

20여 년을 함께한 그들이 처음 만났을 때 그의 남자 친구는 스무 살이었다고 한다. 할아버지는 여느 때와 다를 것 없이 늦은 오후 신주쿠 2쵸메를 거닐고 있었다. 많은 사람들이 바쁘게 90년대의 도쿄 거리를 메우고 있는 가운데 할아버지는 그를 발견했다고 한다. 젊고 희망에 찬, 하지만 무언가 잔뜩 혼란스러운 그가 반짝 빛났다고. 그에게 다가가,

"무엇을 찾으세요?"

말을 걸었다고 한다.

"아, 이곳은 처음이라서 뭐가 뭔지 모르겠어요. 괜찮은 주점이 있으면 소개해 주세요."

반짝이는 스무 살 청년에게 멋쟁이 할아버지는 20년이 지난 지금도 매력적인 그 미소와 함께,

"그래요? 그렇다면 당신은 나를 만난 게 행운이에요."

이렇게 말하며 그들의 시작을 알렸다고 한다.

그날이 바로 어제인 듯한 표정으로 설레어하는 모습이 무척이나 부러워 그래, 우리도 어린 남자 친구를 만나러 신주쿠 2쵸메에 가야겠다고 하니 할아버지는 껄껄 웃으며 말했다.

"그곳은 게이들이 많아서 안 돼. 너도 어디선가 꼭 만나게 될 거야, 귀염둥이."

메주 같은 얼굴을 귀엽다고 해 주는 할아버지의 말을 들으면서 이 도시 어느 거리에서 만난 아이가 떠올랐다. 그 아이를 처음 만난 건 겨울이었다. 에비스 역, 붐비는 사람들 사이에서 처음 안녕, 인사했던 그 순간. 함께 있던 친구들과 요요기공원에 앉아 기타를 치며 노래했던 그날 밤이 떠올랐다.

사실 잊은 적이 없었다. 책 작업을 하면서 가장 많이 기억해

낸 순간은 그 아이를 처음 만난 그날이었다. 하지만 왜인지 쓸 엄두가 나지를 않았다. 그에 대한 글을 쓰려 펜을 들면 어떠한 단어도 떠오르지 않아 그만두기 일쑤였다. 왜일까 생각해 보니 아마도 글로 써 내려가는 순간 그와 함께한 날들은 비로소 추억이 되기 때문이 아닐까, 기억해 내고 싶은 순간에서 지나가 버린 흔적으로 바뀌어 버릴 것 같아서 도무지 쓰지 못한 것이 아닐까, 싶었다.

그래서 이곳에 오고 싶었나 보다. 그를 처음 만난 도시에서 그에 대한 이야기를 쓰고 싶어서 무료함을 힘입어 왔나 보다. 그 없이는 지난 서른셋의 마무리를 지을 수가 없을 테니까. 그와 함께한 순간들이 흔적이 되어야만 이 작업은 완성될 테니까.

집을 나서면서까지 귀여운 친구 안녕, 이라고 말해 주는 친절한 할아버지의 뒷모습을 보며 문득 떠오른 글의 첫 문장을 중얼거렸다.

"그날, 내가 그 아이를 만난 것은 행운이었다."

—

1.

엊그제 아부지께서 강촌에 단풍놀이 가신 어머니께만 보내
야 할 문자를 실수로 두 딸에게도 보내셨다.

 나 집에 왔어
 보고 싶어
 꿈에서 만나자
 사랑해

사랑에 또 실패해 울고 있다가 친구들에게 끌려간 에버랜드
에서 찬바람 맞으며 강제로 롤러코스터 타고 있던 둘째 딸의
눈에는 눈물이 그렁그렁.
어쩌면, 아주 어쩌면 영원이란 것이 존재할 수도 있겠다.

2.

사랑에 또 실패해 사랑 따위 옆집 개에게 줘야겠다고 다짐한
이모 집에 놀러 온 은우.
할머니께서 뮤지컬 연습 때문에 힘들어하는 은우 엄마와 통
화하다가 은우를 살짝 바꿔 주었더니 제일 큰 목소리로 노래

를 부르더라.

"엄무아, 힌내세요오오오오 으우가아아 이짜나요오오오
엄무아, 힌내세요오오오 으우가아아아 이저요오오오!"

아직 말이 서툰 은우. 음도 엉망 박자도 엉망이었지만, 이모
는 또 코 훌쩍이며 화장실에서 몰래 울었다.
어떠한 노래보다 아름답고 감동적인 노래였다.

사랑이란, 그 참모습이란 가장 가까운 곳에 넘실거리고 있
었다.

어 차 피   우 리 는   혼 자 이 니 까 .
유독 내 주위에 있는 사람들은 이 말을 자주 한다.
그리고 난 그 말에 반박할 힘도, 반문하려 자신 있게 내놓을
경험도, 여유도 없다.
나 역시 본능적으로 이 말에 묻혀 살아가고 있으니까.
하지만 그것을 깨닫는 혹독한 과정을 겪고 있는 너를 보면
아닐 거야, 하고 위로해 주고 싶어.

관계에 있어 어느 하나 어눌하지 않은 곳이 없는 나지만
그래도, 그래도
한순간을, 단 한 순간이라도
검디검은 공기를 나눌 수 있는 어느 누군가는 반드시 있으니까.

영원을 이야기하지는 못하지만, 적어도
그 순간의 영원을 믿게 해 주는
어 느   누 군 가 는   반 드 시   있 으 니 까 .

그러니까,
나누어 쉬어 보자, 우리.

도란도란 친구 집 앞에 앉아 이야기를 하다가 한때 사랑을 말했던 사람의 새로운 사랑을 보고 말았다.

이미 시린 가슴 위에 바람이 스쳐 가는 듯했지만 나는 이내 고개를 돌려 친구에게 넌지시 농담을 건넸고, 그녀는 유쾌하게 웃어 주었다. 나 역시 그 웃음에 더없이 유쾌해졌다.

시릴 뿐이다.

그뿐이다.

어느 봄날, 친구 집 계단에 앉아 도란도란 일상을 이야기하고 있었다. 정말 시시껄렁한 일상이었다. 예를 들어 어제 청소한 집이 하루 만에 다시 돼지우리가 되었다든지, 어지르기 대회가 있다면 내가 1등 할 것이라든지, 대회 이야기가 나와서 말인데 나는 양말을 발만 사용해서 벗는 대회가 있다면 1등 할 자신이 있다든지, 기록해 놓으면 가장 시시껄렁한 이야기 뽑는 대회에서 1등 할 법한 일상을 이야기하고 있었다. 한적한 골목에서 갑자기 인기척이 느껴져 돌아보니 저 멀리 남녀 한 무리가 걸어오고 있었다. 순간 이유 모를 불안감이 척추를 향해 흘러내려 왔다. 뭐지, 이건? 저들에게서 내 무의식은 무엇을 본 거지? 나는 의아해하며 등을 벅벅 긁었다. 그

남녀 무리는 세상에서 제일 재밌는 농담을 주고받은 것처럼 웃고 있었다. 미국 캐주얼 브랜드의 광고에서나 본 것 같은 건강함을 내뿜으며 그들이 우리가 있는 곳으로 점점 다가왔다. 어제 입은 운동복에 어제 묶은 머리 그대로, 마그네슘 부족으로 눈꺼풀이 덜덜 떨리는 것을 귀찮아하며 앉아 있던 나는 갑자기 고개를 친구 쪽으로 휙 돌리며 얼굴을 가렸다. 생각났다. 내 척추가 근질거리는 이유.

저들 중 유독 눈에 띄는 젊음과 사랑스러움을 지닌 그녀는 얼마 전, 잠 못 드는 새벽 그의 SNS에서 찾아본 그의 새로운 연인이었던 것이다. 실수로 '좋아요'를 누를까 조심조심 화면을 넘기며 본 그녀의 모습은 어처구니없을 정도로 아름답고 멋졌다. 성격은 분명 못되고 머리는 나쁠 것이라고 단정 짓지 않으면 잠이 올 것 같지 않았다. 그런 그녀가 그의 친구들과 이쪽으로 오고 있는 것이었다.

친구는 급작스러운 나의 행동에 눈치 없이 "왜? 너 왜 그래?" 평소 울림이 큰 목소리 그대로 물어 왔다. 나는 눈빛으로 대답했지만 이 녀석이 내 절친이 맞나 의심될 정도로 도통 알아채지 못했다. 더 이상 말을 하지 못하게 만드는 게 낫겠다 싶어 냉큼 그녀의 말을 잘랐다.

"야야, 내가 말했나? 나 옛날에 친구 중에 국봉이라는 친구가 있었거든? 나라 국에 봉우리 봉. 근데 글쎄, 걔 성이 뭔 줄알아? 방 씨였어. 방국봉. 으하하하!"

10년 전에 말하고 다녔던 김 다 빠진 농담을 주절주절 이야기했다. 친구는 얘가 왜 이러나 휘둥그레 보더니 농담이 계속되자 깔깔대며 웃기 시작했다. 돌고래와 교감할 것 같은 웃음소리였다. 옆집 아기가 잠에서 깨어나 한 바퀴 구를 것같은 웃음소리였다. 그 웃음에 나도 덩달아 웃음이 나와 김빠진 농담 2탄을 늘어놓았다.

"그리고 또 내 친구 중에 '리네Renee'라고 있었거든. 근데 그친구 성은 뭔지 알아?"

코 먹는 소리까지 내며 꺼억꺼억 친구가 웃는다.

"뭔데?"

"구. 구씨였어. 구리네!"

우리는 순간 멈칫하다 또다시 괴상한 소리로 웃기 시작했다. 한참을 웃다 보니 그녀와 그녀의 젊고 아름다운 무리가 사라지고 없었다. 괴상하게 웃고 있는 우리가 무서워 피한 건지 아니면 지나간 것을 내가 못 본 건지. 사실 상관없었다. 굳이 친구에게 그 상황을 이야기하고 싶지도 않았다.

이 순간 기억에 남는 건 철 지난 농담에 유쾌하게 웃어 주는 친구의 모습일 테고, 지금 느끼는 이 시큰거림은 그와 나의 사랑처럼 단지 한때일 뿐이라는 것을 알기 때문이다.

친구가 남자로 보이기 시작했다. 일
상의 예고도 우주의 경고도 없었다.
그는 어느 때와 같이 목 늘어난 티셔츠에 슬리퍼를 끌고 나
왔다. 특별히 이전과 다른 행동을 한 것도 아니다. 어느 목요
일 흔한 프랜차이즈 카페에 앉아 시시껄렁한 농담 따먹기를
하는데 흠칫, 오른쪽 입꼬리가 올라가는 그의 미소에 심장
어느 한구석이 반응을 한 것이다.

우리는 꽤 오래된 친구였다.

외국에서 학창 시절을 보낸 비슷한 배경과 어느 곳에도 소
속감을 느끼지 못하는 공통점에 쉽게 친해질 수 있었다. 무
엇보다 다른 남자 사람들보다 그를 조금 더 자주 만나게 되
는 이유는 그의 유머 때문이었다. 모든 사람을 다 웃게 하는
게 아닌 조금은 우울하고 괴짜스럽기까지 한 유머였지만 나
는 그를 만날 때마다 배를 잡고 깔깔대느라 음료가 코로 나
오기 일쑤였다. 최고로 희한하다 싶은 문장을 내던져도 그는
더 희한한 문장으로 되받아 나를 박장대소하게 만들었다. 영
화에서 보던 게이 베스트 프렌드가 이런 것이 아닌가 생각을
했고 실제로 여자 친구들한테 그의 이야기를 할 때 '게베프'
라고 불렀다. 물론 그는 여자를 좋아했고 심지어 여자들에게

인기가 아주 많아 적지 않은 연애 상담이 내 몫이곤 했지만 말이다.

그런 그가 그 여름의 목요일에 남자로 보이기 시작한 것이다. 우울함이 공존하는 그의 장난스러움에 나도 모르게 얼굴이 뻘게졌다. 익숙한 찌질함이 사랑스러워 그를 도통 쳐다볼 수가 없었다. 몇 시간도 안 되어서 얼토당토않은 핑계를 대고 그 자리를 후다닥 빠져나왔다.

혼란스러웠다. 이게 뭔가 싶었다. 며칠 지나면 괜찮을까. 일주일 정도를 견뎌 보았다.

하지만 그가 심심하면 보내는 "뭐하냐?" 문자에 답을 쉽게 못 하는 것은 마찬가지였다. 전화가 와도 예전처럼 편치 않아 금세 끊어 버렸고 매주 있었던 만남을 피하게 되었다.

"남자 생겼냐?" "치사함." "야!"

그의 문자에 제대로 대답을 못 하게 되니 그도 점점 연락을 줄였다.

그와 사랑에 빠진 것이 아니었다. 매번 사랑에 빠지는 순간들을 기억하는 나로서 이것은 그 감정과는 전혀 다르다는 것을 알고 있었다. 다만 궁금하지 않던 그의 모습들이 궁금했다. 나와 상관없던 그의 일상이 궁금해졌다. 오늘은 누구랑

밥을 먹는지. 어떤 노래를 듣고 무슨 책을 읽는. 일주일에 한 번 으레 물어보던 가벼운 질문들이 매일 궁금해서 미칠 지경인 중요한 사안이 되어 버렸다.

그렇게 한 달 반 정도가 지났다. 이렇게 긴 시간 동안 서로 안 보고 지낸 것은 둘 중 한 명이 여행 중이었을 때 말고는 처음이었다. 불안해졌다. 수년의 우정이 끝날 수 있다는 서글픔과 분명 사랑이 아닌 이 혼란스러움에 이대로는 안 되겠다는 생각이 들었다.

여름이 더 짙어진 화요일에 항상 만나던 프랜차이즈 카페에서 그를 만났다. 목 늘어난 티셔츠와 색깔별로 가지고 있는 슬리퍼를 끌고 나온 그의 모습에 조금은 슬펐다. 정말 내 앞에서는 멋있게 보이고 싶지 않구나. 다른 그녀들과 만날 때는 도대체 어떤 모습일까 또 궁금해졌다.

그는 두 달 동안 있었던 일을 이야기하기 시작했다. 분명 나를 배꼽 잡게 하는 이야기인데도 멍하니 그의 오른쪽 입꼬리만 쳐다보았다. 매일 누구랑 밥 먹고 누구랑 전화하고 어떤 책을 읽고 음악을 들었는지 묻고 싶었지만 아무 말 않고 그의 오른쪽 입꼬리를 쳐다보았다.

한참을 이야기한 후 그가 한숨을 쉬며 물었다.

"무슨 일 있었어?"

고개를 저으며 "별로."라고 대답하고 바로 "야!" 그를 불렀다. 그는 얼음이 다 녹아 김빠진 음료를 들이켜다 말고 나를 쳐다보았다. 뭐라고 이야기해야 할지 말문이 막혔다.

'사랑'은커녕 '여름마다 돌아오는 열병'이라 하기도 어려웠다. 그렇게 단순하지가 않았다. 멀뚱멀뚱 그를 쳐다보고 있다가, "야, 이○○." 오랜만에 그의 이름을 불렀다.

그가 음료의 마지막 모금을 마시고 컵을 내려놓는 순간,

"나 네가 신경 쓰여. 너무 신경 쓰여." 말해 버렸다.

그는 묘한 표정으로 말없이 쳐다보더니 분명 감지 않은 머리를 두어 번 긁적이다가 문제의 시작이 되었던 그 망할 오른쪽 입꼬리로 씨익 웃었다. 그리고 한참이 지난 지금도 잊지 못할 대답을 했다.

"내가 들은 고백 중에서 가장 멋진 고백이다."

그 늦여름의 화요일을 잊지 못하는 이유이다.

아직도 그때 그의 미소가 잊혀지지 않는 이유이다.

지금은 어여쁜 소녀의 아빠가 된 그가 아주 가끔 그리운 이유이다.

가장 멋진 고백을 하고 나서 고개를 한참이나 테이블에 박고

구시렁구시렁, 자책하던 그날의 나를 떠올리며 조금은 마음이 시린 이유이다.

한숨을 쉬며 그녀는 말했다.

"시청률 5프로의 시트콤 같은 나날이야."

"뭐야 그건 또. 왜 시청률 5프로?"

"웃기긴 웃기는데 그렇다고 아주 재미있지도 않고, 그렇다고 또 아주 재미없지도 않은 그런 인생이야, 난."

그녀의 시청률 5프로의 날들은 이랬다. 대학 친구 조 군의 결혼을 축하하기 위해 친구들이 모두 모여 축가를 부르기로 했다고 한다. 그녀의 지휘 아래 곡을 정하고 파트를 나누고 결혼식 며칠 전에 모여 연습까지 마쳤다. 그러던 중, 결혼 전날 친구 구 군에게 전화를 받았다.

"연습 많이 했어?"

"응, 준비 끝났지."

"어쩌냐, 근데. 결혼식에 ○○ 어머니 오신대.

서로 불편해하지 않을까? 조 군이 걱정하던데…."

그녀는 오랫동안 잊고 있던 이름에 순간 움찔했다. 10년 전, 모든 것을 걸고 사랑한 사내의 이름이었다. 이제는 잘 지내는지 궁금하지도 않은, 여러 이름에 덮이고 덮여 조금은 낯선 이름.

그들은 10여 년 전 캠퍼스 커플이었다. 어린 나이임에도 불구하고 결혼을 약속한, 나름 진지하지만 조금은 촌스러운 20대 연인이었다. 그런 그들에게 넘을 수 없는 장애물이 있었으니 그것은 부모님의 반대였다. 여러 방법으로 서로의 부모님을 설득해 보고 반항도 해 보고 애절하게 둘만의 언약식을 통해 이 위기를 극복하자고 다짐도 해 보았지만, 결국에 조금의 모욕감과 함께 그의 어머니로부터 냉정하게 내쳐졌다. 지금 가물가물한 것이 허무할 정도로 그들의 이별은 그당시 상당히 시끌벅적했다. 실제로 나 역시 그 시절 길 가다가 주저앉아 우는 그녀를 여러 번 달래어 집에 데려다 준 기억이 강하게 남아 있다.

그런 그의 어머니께서 결혼식에 오신다니 결혼 당사자들은 신경이 쓰일 수밖에 없을 것이다. 그녀는 아무렇지 않은 듯 자신이 꾸린 축가 팀에서 빠지겠다고 하고 전화를 끊었지만 그때 든 생각이 바로, '아무도 안 보는 시트콤 같네, 젠장.'

"10년 전 추억의 그림자가 이렇게 길 수도 있는 거구나."

그녀는 내 앞에서 헛헛한 웃음을 지었다.

얼마 전 우연히 만난 박 군에 대해서 그녀가 이야기했다.

"너, 내가 모르는 사람한테 번호 안 주는 거 알지?"

"응, 알어."

"근데 내가 그날 왜 그랬는지 모르겠는데, 그 애한테 번호를 줬거든."

그녀는 박 군을 어느 행사 뒤풀이에서 만났다.

시끄러운 일렉트로닉 음악에 맞춰 춤을 추는 힙한 패션 피플 사이에서 박 군은 어벙한 얼굴로 앉아 있었다. 그 너드nerd 같은 모습이 왠지 귀여워 말을 걸고 싶었다고 한다. 그들은 한참을 시끄러운 음악 틈새로 이야기를 나누었고 자연스레 그에게 번호를 알려 주었다. 문자를 주고받는 며칠을 보내고 그녀는 어느 날 용기를 냈다.

"우리 동네에서 한잔 할래요?"

그녀로서는 모르는 사람에게 번호를 주는 것만큼이나 대단한 사건이 아닐 수 없다.

"네가 먼저 보냈다고? 네가?"

"응. 말도 안 되지. 그렇지."

"그래서, 박 군이 왔어?"

"응, 왔어. 근데 그게 문제가 아니고…."

일은 그 후에 일어났다고 한다.

그녀는 다분히 집 앞에 나가는 듯한, 하지만 철저히 계산된 메이크업과 복장으로 약속 장소인 옥수역으로 향했다. 조금 은 설레고 조금은 두려운 마음으로 10분을 걸었을까. 역에 다다를 즈음 갑자기 매우 허전한 느낌이 들었다.

"지갑!"

그 자리에 서서 주머니와 가방을 샅샅이 뒤져 봐도 지갑은 없었다. 이미 약속 시간은 5분이나 늦은 상태였고 택시를 탈 돈도 전력 질주해서 집에 다녀올 체력도 그녀는 없었다. 할 수 없이, 일단 그가 기다리고 있는 역 앞으로 갔다.

그는 처음 만났던 날보다 더 귀여웠다. 그녀가 무척이나 매 력을 느끼는 너드스러움에 심장이 두어 번 크게 뛰었다.

그런 그녀가 그에게 다가가 처음으로 한 말은 와 줘서 고마 워도 오는 데 힘들었지도 아닌,

"나 오늘 전 재산 천 원이다!"

그는 참으로 어두운 표정에 애써 미소를 지어 보였다고 한다.

"그래서 아직도 연락해?"

"안 해…. 그의 휴대전화에 난 '옥수동천원녀'로 저장되어 있 겠지 뭐."

그녀는 그 후로 운동을 시작했다고 한다. 할 줄 아는 운동이란 숨쉬기운동이 전부인 그녀는 여러 차례 헬스장에 등록했다가 가서 운동하는 상상만 하곤 했었다. 이번에는 큰맘 먹고 퍼스널 트레이너와 함께하는 운동을 등록했다. 정말 의욕적으로, 이번만큼은 꼭 해내리라 다짐하며 첫 트레이닝 날을 기다렸다.

그날이 다다르자, 아침에 벌떡 일어나 아침 식사를 챙겨 먹고 몇 시간 후 점심도 든든히 먹었다. 그리고 시간에 맞춰 헬스장으로 가서 트레이너를 만났다.

처음 스트레칭은 쉽사리 해냈다. 유산소운동도 가뿐히 해냈다. 운동 체질이네, 뿌듯해하며 금방 애프터스쿨 가희 몸매가 될 수 있겠다고 즐거워했다. 그리고 시작된 하체 운동.

외우지도 못하는 긴 이름을 가진 하체 운동을 하는데 몸이 격렬히 반응하기 시작했다. 여기서 그만둘 수 없어서 꾸욱 참으며 두 세트를 끝냈다. 잠시 쉬는데 불길한 징조가 그녀의 위에서 소용돌이치기 시작했다. 그리고 그녀는….

"뭐? 거기서?"

"응. 토했어. 그 자리에서. 헬스장 한가운데서."

결국 그날 조식과 중식, 그리고 디저트로 먹은 케이크의 흔적까지 깨끗이 치우고 돌아왔다고 한다.

"운동은 계속해?"

"하지. 숨쉬기운동."

그녀는 여덟시 이십분 눈썹으로 시청률 5프로의 시트콤 같은 에피소드들을 주절주절 이야기해 줬다. 나름 흥미진진하면서도 서글픈 일련의 사건을 들으며 그녀가 조금은 부러워졌다.

시트콤 같은 나날이 가능한 그녀의 열정이. 그리고 매 순간의 느낌을 한껏 끌어안아 특별하게 만드는 삶에 대한 헌신이.

그녀의 실패에 즐거워하는 것이 미안하기도 하지만, 매번 충실한 순간순간으로 나를 웃게 해 주는 그녀가 나는 참 자랑스럽다.

그녀의 여덟시 이십분 눈썹이 참으로 기특하다.

——

그 의   새 로 운   연 인 은   배 우 였 다 .

사실 그가 말해 주기 전에 이미 알고 있었다. 며칠 전 인터넷
에 도배된 사진들 덕분이었다. 몰래 찍힌 사진 속 그들은 다
정히 길을 걷고 있었고 흐릿한 포커스 너머에서조차 사랑스
러운 그녀의 손을 그는 삶의 마지막 구원인 듯 잡고 있었다.
오랜만에 만난 그는 좀처럼 납득이 가지 않는 그녀의 자유분
방함에 대해 이야기해 주었다.

"모르겠어. 마치 그녀가 여왕이고 내가 노예인 것 같아."

그가 살짝 미간을 찌푸린다.

나는 웃으며 온갖 입장에 서서 충고를 해 주었다. 같은 여자
라는 이유로 그녀의 편을 들어주면서도 사실은 저토록 빛나
는 그가 왜 그녀의 빛에 자신을 가리려고 할까, 씁쓸했다. 나
에게는 누구보다도 빛나는 그인데. 왜 스물넷 여자아이의 감
정 기복에 휘둘리는 불행을 자초하는 건가, 조금은 화가 났다.
그러다가 그의 표정을 자세히 읽게 되었다.

아니다. 그는 행복한 것이다.

그녀에 대한 불만을 토로하면서도 그는 그 자체가 행복해 어
쩔 줄 모르는 것이다. 찌푸려진 미간에는 그녀와 함께할 수
있는 시간에 대한 기쁨과 그녀와 함께할 미래를 담을 수 있

다는 설렘이 공존하고 있었다.

그는 결코 자신의 빛이 사라짐에 대해 개의치 않은 것이다.

한참 동안 그의 사랑 이야기를 듣고 터덜터덜 돌아오는 길에 문자가 도착했다. 이달의 결제 내역이라면서 월급의 절반이 되는 금액이 찍혀 있다. 아르바이트를 따로 시작해야 하나 한숨을 쉬며 버스에 올라탔다. 창에 머리를 기대고 고민하는데 라디오에서 디제이가 오늘의 연예 뉴스를 전하기 시작했다. 그의 사랑스러운 그녀가 올해의 CF 여왕이란다. 한 편당 받는 금액이 5억이라고. 디제이는 또 그녀의 열애 소식을 꺼내며 이야기한다.

"그 남자는 정말 행복하겠어요."라고.

웃음이 나온다. 옆에 서 있던 학생이 이 아줌마는 뭔가 싶은 얼굴로 쳐다본다.

"행복하더라고요…, 된장."

다 들리는 혼잣말을 했다.

창밖으로 옥외 전광판의 그녀 모습이 햇빛을 받아 더욱 반짝거린다.

그녀가 무지 빛나는 것은 사실이지만 태양은 그 녀석인데,

나에게는 눈부실 정도의 빛을 가진 그 녀석인데.

눈 물 이 날 것 같 다 .

나리타 공항에 앉아

집에 돌아갈 비행기를 기다리며

여행을 마무리하는 글을 끄적이고 있는데

내 귀에 닿고 있는 음악의 박자와 엇비슷하게

내 옆 땅바닥에 앉아 있던

어느 젊은이의 발가락이 움직이고 있었다.

내 헤드폰으로 들리는 노래의 박자와

일치하는 그의 발가락 춤을 몰래 훔쳐보며

괜스레 나는 혼자가 아니구나.

얼토당토않은 동지애를 느끼며

슬며시 볼륨을 최고로 높였다.

귀가 무지 아팠지만

아무렴 어때.

그 4분이라는 시간 동안

나는 잊을 수 없는 친구를 사귀었는걸.

그래 어쩌면

우리는 모두 가느다란 발가락 춤으로

이어져 있는 것일 수도 있겠다.

옛날 옛적 종로에 작은 극장이 하나 있었다. 다양성 영화를 주로 상영하던 그 극장은 내 친구 광년이와 내가 가장 아끼는 장소였다. 새로운 영화를 상영할 때마다 달려가서 보았고 특별 시사회는 놓치지 않고 제일 먼저 예매했다. 더 이상 볼 영화가 없을 때에도 우리는 극장 1층에 있는 카페에 앉아 망중한을 보내곤 했다.

그러던 와중에 폐관 소식을 들었다. 정말이지 오랜 친구의 죽음을 맞닥뜨린 듯 절망하며 슬퍼했고 극장의 마지막 상영일, 우리끼리 작은 추모식도 거행했다. 마지막 영화를 보고 나와 극장 벽을 어루만지며 '잘 가, 고마웠어. 잊지 않을게.'라고 작은 목소리로 안녕을 고하는 것이 고작이었지만 그것은 우리에게 꽤나 힘든 이별 의식이었다.

영화를 보다가 너무 심하게 웃어 의자에서 굴러떨어진 기억. 앞뒤로 앉은 친구와 다른 사람에게 피해를 주지 않는 선에서 몰래 영화에 대한 쪽지를 주고받은 기억. 좋아하는 일본 배우가 관객과의 대화를 한다기에 주차장에서 몇 시간이고 기다린 기억.

그곳에서의 추억은 셀 수 없이 수두룩하지만 가장 잊지 못할 날은 어느 해의 마지막 날이다.

매해 연말 극장에서는 밤새워 영화를 연달아 보는 특별 행사가 열렸다. 밤 열한시 즈음부터 건물 문을 걸어 잠그고 다음 날 아침까지 옹기종기 앉아 영화 감상을 하는 이벤트였다.

월요일마다 만나 영화 이야기를 하는 '월요일의 모임' 사람들과 몇 주 전부터 그날에 대한 계획을 세웠다. 사실 이 모임은 내 친구 광년이와 그녀의 소울메이트로 추정되는 그를 이어 주기 위한 나의 의지가 담긴 모임이었기에 멤버는 광년이, 그녀의 잠정적 소울메이트 그리고 나, 이렇게 세 명이었다. 그러니까 이 계획도 나에게는 그들의 큐피드로서 진행하는 비밀 작전이었던 것이다.

평소와는 다른 특별한 날로 만들어 그들의 사랑이 잉태되었으면 하는 마음에 우리끼리 파자마 파티를 열자고 무턱대고 우겼다. 처음에는 격렬한 반대 의사를 보이던 그들은 꺾이지 않는 나의 주장에 이 우정을 잠시 후회하며 마지못해 승낙을 했다. 우리는 그해 마지막 날 밤 열시 반에 잠옷부터 슬리퍼까지 집에서 잘 때 입는 차림을 하고 극장 앞에서 만나기로 했다.

나는 들뜬 마음으로 잠옷 위에 코트를 입고 목베개를 두른 채 10분 먼저 도착해 기다리고 있었다. 저 멀리 광년이가 보였다. 그녀 역시 두꺼운 외투를 걸치고 있었지만 두 발에는 따뜻해 보이는 털 슬리퍼를 신고 있었다. 우리는 손을 맞잡고 여고생들처럼 까르르거리며 오늘 밤을 기대했다. 얼마 지나지 않아 무뚝뚝한 얼굴을 한 잠옷 차림의 잠정적 소울메이트가 도착했다. 우리는 사람들의 시선에 조금은 부끄러워하며 자리를 찾아 겉옷을 벗고 우리만의 파자마 파티를 시작했다.

첫 번째 영화가 시작되었다. 내가 참 좋아하는 감독 존 카메론 미첼의 신작이었다. 첫 작품만큼 굉장하지는 않았지만 파티의 시작을 장식하기에 충분히 근사한 영화였다. 실제 정사신으로 논란이 되었던 영화인 만큼 아직 몰랐던 성교육도 받았으니 의미 있는 영화가 아닐 수 없겠다고 생각하며 침을 꿀꺽 삼켰다. 첫 영화가 끝나고 두 번째 영화가 시작하기 전 우리는 복도에 마련된 커피를 마시며 방금 본 영화의 감동을 나누었다. 타인에게는 좀처럼 보여 주지 않는 차림으로 끊임없이 대화하는 친구들을 보며 흐뭇해진 나는 잠시 존재했던 이 차림에 대한 부끄러움이 감쪽같이 사라졌다. 오늘의 드레스 코드는 탁월한 선택이었어, 속으로 뿌듯해하며 두 번째 영화를 기다렸다.

두 번째 영화는 미셸 공드리의 《수면의 과학》이었다. 잠옷을 입은 우리에게 이 영화는 거대한 초대장과 같았다. "당신들은 이곳에 꼭 있어야 할 사람들이야, 걱정 마. 초대받지 못한 괴팍한 인간들이 아니야."라고 이야기해 주는 것 같았다. 그 순간 이 영화는 단숨에 내 인생의 영화 베스트로 등극했고 지금까지도 부동의 1위를 지키고 있으며 온갖 창작물에 수시로 등장하고 있다(ex. 라즈베리필드 〈My J Boy〉, 단편영화 《검지손가락》 등). 전혀 눈물이 날 영화가 아니었는데도 광년이와 나는 퉁퉁 부은 눈으로 엔딩 크레디트가 끝날 때까지 앉아 있었다.

마지막 영화가 상영되기 시작했을 때에는 슬슬 졸음이 쏟아졌다. 좋아하는 배우가 나오는 작품이라 어떻게든 두 눈을 부릅뜨려고 노력했지만 정신을 차려 보니 이미 영화는 후반을 향해 치닫고 있었고, 무슨 영문인지 내가 좋아하는 배우가 "청춘이 최고다!"라고 바다를 향해 사랑스럽게 외치고 있었다. 이 짧은 대사가 참 다정하게 들려 옆에 나란히 앉아 있는 광년이와 그녀의 잠정적 소울메이트를 바라봤다. 둘 다

정신없이 자고 있었다. 깨우지 않고 그들을 보며 생각했다. 극장에서 잠옷을 입고 입을 벌리며 자고 있는 우리의 모습이 곧 저 잘생긴 배우가 외치는 청춘이구나. 사랑에 희망을 갖고 꿈을 우습게 여기지 않으며 스스로의 괴팍한 점을 당당하게 여기는 우리의 20대가 최고다! 하고 생각했다.

모든 영화가 끝난 뒤 극장에서 나와 보니 아침이었다. 우리는 목베개를 하고 털 슬리퍼를 신고 축 늘어진 운동복으로 바닥을 쓸며 아침에 출근하는 사람들을 헤치고 집에 돌아가는 버스를 탔다. 모든 것이 완벽했다.

그 후로 많은 것이 변했다.

월요일의 모임은 몇 번의 만남 후에 흐지부지 해체되었다. 광년이의 소울메이트일지도 모른다고 생각했던 그는 결국 광년이의 소울메이트가 아니었던 것으로 판가름이 났고 그녀는 소울메이트가 아니어도 괜찮은 사람과 결혼해 어여쁜 딸을 낳았다. 이야기를 잔뜩 안은 채 반짝거리던 극장 건물은 예전의 빛을 잃어 그저 그런 종로의 건물 중 하나가 되었다. 우리는 30대가 되었고 사랑에 대한 희망은 점점 애증으로 변했고 꿈이 우습게 여겨지는 현실에 납득하기 시작했고 스스로의 괴팍한 점을 남에게 숨기는 방법을 터득했다.

아직도 종로3가를 지날 때면 마음 한쪽이 전 남친의 깊은 흔적을 마주했을 때처럼 얼얼하다. 옛날 옛적에 잠옷을 입고 깔깔대던 세 청년이 이곳에 있었음을 기억하는 것은 아마도 그 건물과 나, 빛을 잃은 우리 둘뿐일 테니까.

영원한 이름,

love

사랑

―

언젠가 만날 너이지만

가끔은 포기하고 싶을 만큼 지쳐.

이미 내가 알아보지 못하고 지나친 것인지

혹은 어린 마음에 떠나보낸 것은 아닌지

우리의 오래된 약속은

이미 지난 추억 중 한 편린인지

가끔은 너무나도 불안해 화가 나기도 해.

이렇게까지 떨어뜨려 놓는 저 하늘 위 누군가의 심술이

너무나도 화가 나서

하늘에 대고 투덜거리기도 하고

가끔은 나타나 주지 않는 네가 얄미워

만나는 즉시 정강이를 차며

"너 때문에 이 좋은 영화들을 극장에서 혼자 봤잖아!"라고

탓하는 상상을 해.

2013년 7월 13일, 너무 힘들었던 그날

그날만큼은 만나러 와 주길 바랐다는 걸 알 리 없었겠지만

속상했던 만큼 너를 탓할 수밖에 없어.

이날은 무얼 했는지, 어디서 누구와 함께 있었는지

다른 여자와 있었다면, 그래, 이해는 해 주겠지만

그래도 조금은 섭섭할 거야.

그때 너는 나의 머리를 쓰다듬어 주며

"달려가고 있었어."라고 말해 줘.

그럼 거짓말처럼 화가 풀릴지도 몰라.

있잖아, 며칠 전에 꿈을 꾸었어.

얼굴이 보이지 않는 네가 따뜻하게 내 이름을 불러 주었고

아주 오래된 편안함에

나는 마침내 웃으면서 물었어.

"넌 도대체 어디 있어?"

잠에서 깰 것만 같은 기분과 함께

꿈과 현실 그 중간의 몽롱함 속에서

넌 대답을 해 주었어.

나지막하게 하지만 명확한 목소리로,

"Just around the corner."

"모퉁이 돌아 바로."

내가 믿고 꿈꾸던 것들이 존재한다면,

오늘

기적처럼 다가와 주길.

오늘,

나를 만나 주길.

△ 2013년 7월 13일의 트위트.

―

믿고 싶어, 어딘가에
"여기 있어, 걱정 마."
말해 줄 수 있는 누군가가 있다는 것을
사랑 하나로 현실을 함께 이겨 낸
그 길을 먼저 걷기로 마음먹은
지긋한 세월을 겪은 그들이
아직은 더 많다는 것을
믿고 싶어.

이곳에서 마지막으로 눈을 감는 순간에는 말이지,
주름 가득한 손으로
가장 익숙하게 나의 머리를 쓰다듬어 주는
네가 내 옆에 있을 거야
나는 그런 너를 바라보며 믿기지 않는 듯
"여전히 너를 만난 것은
 여전히 네가 이렇게 내 옆에 있다는 것은
 가장 큰 기적이야."
라고 말할 거야.

설렘이 아닐 수도

뜨겁게 타오르는 열정이 더 이상 아닐 수도 있겠지만

처음 본 순간 사랑하게 된 그 두 눈은

여전히 나를 바라보고 있을 테니

2060년 즈음해서

나를 닮은 어느 힘든 젊은이가

"누군가 영원한 사랑을 증명해 줘!" 외친다면

우리가 증명해 주자.

"여기 있어, 걱정 마."라고.

기적을 믿고 싶어.

나의 가장 큰 기적은 너를 만난 것일 테니

너를 믿고

우리를 믿고 싶어.

그런 생각이 들어.

수십억의 사람 중에 말이야, 나를 닮은 그 한 사람은 없는 걸까.

나의 이야기에 자라나고, 나의 노래에 화음으로 채워 주고

밤새도록 우리만의 언어로 공감하고 또 공감하는

진실된 한 사람. 단 한 사람.

서로의 에너지로 눈을 뜨고 또 다른 에너지를 창조해 내는

우리만이 피워 낼 수 있는 하나의 예술로

세상을 함께 바라볼 수 있는

조금의 주저함도 없이

당신을 위해 나는 이곳에 존재한다는 것을

눈으로 나눌 수 있는 나의 단 한 사람.

나의 모든 열정을 터트리고 모든 씨앗을 싹 틔워 줄

그의 영감으로 나를 덮어 줄

같은 곳에 앉아 스쳐 가는 세상을 바라보며

우리만의 세상으로 여행해 줄 사람.

지나간 거짓에 아파하는 나를 유일한 진실로 치유해 줄

내 인생의 단 한 사람.

내 심장의 헛된 반응 속 모든 세포를 흔들어 놓을 수 있는

나를 닮은 그 한 사람.

사랑을 넘어선

일치를 꿈꿀 수 있게.

"사랑이 뭐냐면, 힘든 하루 집에 돌아와 아무 말 없이 그녀의 곁에 누워 있을 때 완전해지는 느낌을 받는 순간. 그게 바로 사랑이지."

기억이 나지 않는 누군가가 나에게 말했었다.

곰곰이 떠올려 보니 나 역시 완전해지는 순간을 몇 번이고 느꼈었다.

그의 손과 나의 손이 처음 맞닿은 순간.

비 오는 제주 바다를 함께 말없이 바라본 순간.

말도 안 되는 농담으로 낄낄대며 침대에 누워 잠을 기다리던 순간.

너를 보러 가는 길, 버스 정류장에서 나를 기다리는 너를 발견한 순간.

관람차 안, 도쿄의 수많은 불빛을 바라보며 "아마도 넌 내 소울메이트일 수도 있을 것 같아."라고 말해 준 순간.

아이처럼 무너지고 있는 너를 말없이 내 품에 안았던 순간.

퍼즐 조각처럼 동떨어져 있는 이 기억들은 결코 하나가 될 수 없겠지만, 몇 번이고 나는 완전해져 있었다.

몇 번이고 나는 사랑을 경험하고 있었다.

지루했던 내 인생이 그리 나쁘지 않게 여겨졌다.

—

너와 함께 지낸 아주 짧은 시간은
어느 누구와의 몇 년보다 길었고
마음 깊은 곳에
너의 두 눈만큼 맑은 흔적을 남겨 주었어
너를 미워하는 방법을 도저히 찾지 못해
오늘도 역시나 기진맥진,
포기한 채 너를 마음껏 그리고 있어
"왜 나야?" 하고 묻는 너에게
어떠한 단어로도 표현이 되지 않아 머뭇거렸어
그 머뭇거림에 너는 나의 눈을 피했고
나는 어찌할 바를 몰라
다시 한 번 너의 오른손을 꼬옥 잡아 주었어
나의 온기가 너의 심장에 닿아
이 모든 것이 설명될 수 있도록

닿았을까?
닿았다면 그 몇 분만큼은 우리, 하나였을까

손을 잡고 걷는 그때에도

너의 빠른 걸음에 나는 뛸 수밖에 없었고
지금 역시
어떻게든 너를 따라잡기 위해
안간힘을 다해 달려가고 있어

닿을 수 있을까?
겁먹은 너를 어떻게든 다시 품어 줄 수 있을까

마지막 너를 꼭 안아 준 순간
나의 심장의 반을
너의 오른쪽 가슴에 남겨 두었으니
여린 너의 심장 역시 그것과 함께
조금은 용감해질 수 있지 않을까.

—

반짝이는 봄 햇살에 왼쪽 눈을 아주 살짝 찡그리며 그에게
물었다.

"당신은 나와 함께 있으면 좋은가요?"

달그락달그락 컵 안의 얼음으로 장난을 치던 그가 잠시 나의
얼굴을 빤히 쳐다본다. 많은 것을 담은 표정이지만 도무지
무엇인지 알 수가 없다.

그렇게 우리는 서로의 얼굴을 살피듯 관찰하듯 바라보았다.
그가 조심스레 입을 연다.

"음, 글쎄요. (또 한 번의 침묵.) 당신은 웃기지도, 재밌지도, 유
머 감각이 뛰어나지도 않아요. 개그를 한다고는 하는데 웃기
지 않아요. 매사에 상당히 진지하고요. 심지어 가끔은 머리
위에 심각할 정도로 큰 먹구름을 몰고 다녀요."

"아, 그렇군요."

눈을 재빨리 피해 그가 반쯤 피우다 버린 담배에 집중했다.
무안해지면 나타나는 나의 버릇이다. 그 순간 가장 가엾은
사물에 집중하는 것. 그래서 스스로를 동일화시키는 것. 수
년째 계속되는 나의 버릇 중 하나이다.

뭐, 거짓은 아니지. 아니, 어쩌면 가장 정확한 평가일 수도 있어.
오늘도 먹구름이 있나 확인하고 싶어 머리 위로 손을 휘이휘

이 저어 보았다. 없다, 다행이다.

그가 다시 얼음을 달그락달그락 빨대로 건드리며 "근데 말이죠." 말을 시작한다.

"재미있어요. 유머라고는 없는 당신이지만, 재미있어요."

"네?"

그의 빨대 끝은 신기할 정도로 납작해 있다. 잘근잘근 씹은 자국으로 가득한 모양이 그의 오른쪽 보조개를 닮았다.

"세상의 허무함, 그 염세적이고 슬픈 이야기들을 마치 어제 있었던 야구 시합 설명하듯 말하고. 문제 제기와 동시에 해답을 제시하고. 그리고 그 심각한 표정. 눈썹 찡그릴 때 항상 왼쪽 아래를 보는 것도, 가끔 콧구멍이 넓어지는 것도 재밌어요. 마치 스탠드업 코미디를 보는 것처럼."

그리고 웃는다.

눈이 또다시 부셔 온다. 그의 등 뒤에 내리쬐는 봄 햇살 때문일 것이다.

"가장 재밌는 것은요, 그 뒤에 오는 침묵. 실컷 이야기하다가 골똘히 한곳을 바라보며 아무 말 안 하고 있을 때의 침묵. 당신은 아무 말 안 하고 있지만, 저는 듣고 있거든요. 아니, 들리거든요."

"제가 뭐라고 그러는데요?"

"여러 이야기를 해 주는데, 가장 많이 들리는 말은 구해 줘, 구해 줘, 구해 줘—예요."

"에, 그걸 들었어요?"

"넵. 그래서 한동안 이를 어쩌면 좋을까, 어떡하면 이 비관론자를 구할 수 있지, 고민했었어요. 나름 밤잠을 설치며."

코끝이 찡해 온다. 옆에 수줍게 피어 있는 올봄 첫 개나리 때문일 것이다.

"그래서 어떻게 구해 주기로 마음먹었는데요?"

퉁명스러운 목소리에 나 자신도 놀라 이번에는 너무 물어뜯어 바알갛게 부어오른 엄지손톱에 집중한다.

"듣고 있잖아요. 그렇게 계속 이야기해 줘요. 목소리로, 침묵으로. 저는 그렇게 계속 들을게요. 재미있어 하며, 나름 밤새 고민하며, 살피며, 그리고 알아주며 그렇게 당신을 들을게요."

심장이 뛴다. 방금 마신 더블샷 아메리카노 때문일 것이다.

"언젠가 당신의 침묵이 외치는 구해 줘, 구해 줘, 구해 줘—가 멈출 때까지 들을게요, 당신을. 그리고 그것이 멈추면 그때는 나를 들려줄게요."

그것은 봄이었다. 분명 봄이 왔다는 것을 알 수 있었다.
그 가   웃 는 다 .   눈 이   꽤 나   부 시 다 .

.

항상 그래요

가끔 이렇게 이런저런 얘기를 나누고 나면

저는 깊은 밤 내내 별들을 바라보며

당신과 함께한 그 얘기들을

하나씩 하나씩 다시 꺼내어 보겠죠

곱씹어 보겠죠

혼자 미소를 지으며

혼자 당신 생각에 행복해하며

혼자 이 마음을 조심스레 간직하며

살포시 하늘에 색이 칠해질 무렵,

당신 생각에 온통 부푼 이 마음을 꼬옥 안으며

당신 미소처럼 따스한 이불 속에서

행복한 얼굴로 스르르 잠이 들겠죠

한동안은 이 여운으로

발걸음이 가벼워지겠죠

다시, 그때까지

다시, 당신에게는 별 의미 없을 대화를 할 때까지

다시, 나에게는 비 온 뒤 무지개 같은 대화를 할 때까지

잘   지   내   요   .   당   신   .

—

그 날 , 그 를 만 난 것 은 행 운 이 었 다 .
길고 긴 이별의 질펀함에 지쳐 생일 즈음 떠난 여행에서 만
난 그는 기적같이 내 삶에 들어왔다. 사람들로 붐비는 역 앞
에서 친구의 친구로 소개받은 그가 어린아이 같은 미소로 처
음 건넨 말은 '안녕'이었다. 그 흔한 한마디 말과 함께 오랜
시간 숨죽이고 있던 무언가가 속에서 그 숨을 뱉어 냈다. 시
시껄렁한 농담에 웃고 서로의 힘들었던 순간에 안쓰러워했
다. 맥주 몇 잔에 붉어진 얼굴로 우리는 다 같이 공원에 앉아
기타를 치며 노래를 불렀다. 꽤 오랜만에 이제 괜찮을 것 같
다는 생각이 들었다. 보름달이 뜬 11월의 어느 날이었다.

다 음 날 , 친 구 의 문 자 로 눈 을 떴 다 .
우연인지 우주의 짓궂은 장난인지 전 남자 친구가 같은 곳에
와 있다는 것이다. 한순간에 무너지는 내 모습에 허망했다.
도대체 왜 이 질펀한 관계를 끊어 낼 수가 없는 건가, 자책하
며 시내를 정처 없이 걸었다. 무작정 걷다 보니 어딘지 모르
는 곳에 이르렀을 때 문자 알림이 울렸다.
"안녕, 어제 만나서 반가웠어. 어디야?"
"안녕, 시부야 한가운데서 길을 잃었어."

"하하. 뭐가 보여?"

"음…, 자라 매장 앞이야."

"기다려. 금방 갈게."

십여 분을 서 있었다. 사실 무엇을 기다리고 있었는지 모른다. 같은 도시에 와 있다는 전 남자 친구의 연락인지, 아니면 왠지 궁금해지는 어제 처음 만난 그의 모습인지. 그냥 멍하니 시부야 한복판에 서 있을 수밖에 없었다.

전화가 울렸다. 모르는 번호였다.

지금 친구 차 타고 가고 있어. 많이 기다리게 해서 미안해. 조금만 더 기다려 줘.

10분도 채 지나지 않았는데 미안해하는 그의 다정함에 조금은 당황스러웠다.

오랜 시간 다정하지 못한 사람을 사랑하면서 스스로에 대한 혐오와 그 누구도 나를 사랑하지 않을 것이라는 좌절에 힘겨워했었다. 더 이상은 안 되겠다 싶어 벗어나려 했지만, 매번 그 사람과 마주할 때면 어떠한 다짐도 결심도 수포로 돌아가고는 했다.

전화가 다시 울렸다.

익숙한 번호다. 받지 않으려 해도 결국에는 받게 되는, 꿈속

에서도 외우고 있던 그 번호였다.

"여보세요."

"어디야?"

전 남자 친구의 목소리에 심장이 내려앉는 듯했다.

"그냥, 여기…."

어찌할 바를 몰라 더듬거리고 있는데 저 멀리 차창 밖으로
고개를 내밀고 손을 흔드는 그가 보였다.

순간, 모든 것이 선명해졌다. 발을 내딛어야 할 길이 보였다.

처음으로 전 남자 친구를 끊어 낼 용기를 얻었다.

"미안, 나 친구 만나기로 해서. 끊을게."

그리고 그가 있는 차로 뛰어가며 믿기지 않을 정도로 마음이
편하다는 것을 발견했다.

기적이다, 이건.

그의 어린아이 같은 미소를 보며 생각했다.

—

가장 못생겼다 느껴지는 순간에
가장 따듯한 눈빛으로 아름답다고 말해 줄 네가
이 골목 끝에 꼭 있어 주길.

오랜 연애의 편안함을 부러워하다가
문득 든 생각은
있지,
괜찮아
우리 딱 30년 정도 연애하자.
연애하면서 결혼도 하고 애도 낳고
같이 쭈글쭈글 늙어 가자.
우리도 오래된 커플 하자.

Am I there yet?

이 또한 지나가리,

pain

마음 없이

———

나는 여전히 너를 노래해
너의 이름을 되뇌고
세상을 멈추게 한
너의 그 미소를 떠올려
어느 새벽의 서툰 고백도
비 오는 날 눈물을 머금고 달려간
너의 집 앞 계단도
여전히 기억해, 난.

나는 여전히 너를 노래해
마주했던 그날의 네 영혼과
숨 가쁘게 지나간 만남을
모든 아픔과 시간을 멎게 해 준
너의 따뜻한 가슴을
여전히 기억해, 난.

난 오늘도 너를 노래해

하지만

더 이상 눈물이 나질 않아, 이젠

아프지 않아

다행이야

슬프게도.

──

어쩐지 오늘, 불안한 마음으로 눈을 떴다.

하루 종일 심장이 뛰고 눈물이 났던 것은 아마도 이 순간을 맞이하기 위한 준비가 아니었을까, 그녀는 생각했다. 오른손에 쥐고 있던 휴대전화는 들고 있기 버거울 정도로 무거워졌다. 심장은 이제 숨을 쉬기 힘들 정도로 한층 더 빨리 뛰고 있었다.

그는 옆집 사는 사람이 오늘도 분리수거를 안 했어, 이야기할 때처럼 덤덤하게 대답했다.

" 너 를 충 분 히 좋 아 하 지 않 는 것 같 아 . "

그를 볼 때마다 눈물 났던 게 사실이다. 눈을 깜빡이기가 무서워 참고 있으면 어느새 눈은 따가워지고 눈물이 차오르곤 했다. 신기루 같은 사람이었기에 눈을 감는 순간 사라질 것만 같아서, 그렇듯 시야에 붙들어 놓고 싶었다.

그럴 때면 그는 조금은 다정해진 목소리로 눈이 슬프네, 말해 주곤 했다.

눈물이 차오르는 동안 그는 이미 사라지고 없었다. 그런데도 그녀는 바보같이 눈을 깜빡이지 않고 있었다.

그녀는 질문이 많은 사람이었다. 궁금한 것이 떠오를 때면 언제나 주저 없이 질문을 했다. 알고 싶은 것, 알고 싶지 않은 것, 알면 안 되는 것까지 그녀는 질문했다. 그리고 그 대답으로 인해 때론 포만감을, 혹은 배고픔을 느끼고는 했다. 원하는 대답이 있었고 도통 이해할 수 없는 대답이 있었다. 시원하게 긁어 주는 대답이 있었고 간질간질 간지럽히는 대답이 있었다. 그녀를 행복하게 하는 대답이 있었지만 그녀를 아프게 하는 대답도 많았다.

하지만 그녀는 질문하는 것을 멈추지 않았다.

오늘 늦은 밤, 그녀는 한참을 망설인 끝에 물어보았다. 여느 때처럼 '있잖아요.'로 시작되었고, 그가 눈치채지 못한 보통 때와는 다른 떨림이 있었다.

가벼운 농담처럼 던진 질문에 그는 잠시 뜸을 들이고 대답했다. 옆집 사는 사람이 분리수거를 드디어 했네, 말하듯 무심한 목소리로.

" 너를　충분히　좋아하지　않는　것　같아. "

잠시 뒤, 그들은 미안해요, 괜찮아요, 이제 앞으로 어떻게 할까, 등의 대화를 나누었다. 그리고 잘 자요, 정중한 인사로 마무리 지으며 전화를 끊었다.

이렇게 끝날 수도 있구나. 힘겹게 들고 있던 휴대전화를 내려놓으며 그녀는 한참을 앉아 있다가 눈을 깜빡이기 시작했다. 눈물이 나질 않았다. 그리고 더 이상 아무것도 궁금하지 않았다.

정말 아무것도 궁금하지 않았다.

좁은 골목길을 걸을 때마다
눈물이 쏟아질 것 같다는 생각을 했다.
비스듬히 쓰러져 있는 쓰레기봉투
조심스레 눈길을 주며 지나가는 고양이
움푹 팬 보도블록
벽에 지저분하게 붙어 있는 음식점 전단지
이 모든 것이 한데 어우러져 있는
또 다른 골목길을 걷는다고 하더라도
난 또다시 눈물이 쏟아질 것 같다, 생각했다.

그는 지우라고, 잊으라고
모진 말들을 늘어놓고
아무렇지 않은 듯 반 보 앞서 걷고 있었다.

나는 단지 사랑을 하고 있는 것뿐인데
옆에 있어 달라는 말은 꺼내지도 못한 채
단지 내 사랑에 솔직한 것뿐인데
내가 당신을 사랑하는 것은 내 잘못이 아닌데

계속 머금고 있던 미소가 흔들리기 시작하고
반 보의 거리가 한 걸음이 되어 가고
두 걸음, 세 걸음, 네 걸음,

그리고 마침내 그는
빨간 벽돌의 어느 집을 돌아
사라지고 없었다.
그렇게 나는 그 자리에 서서
한참을 울었다.

좁은 골목길을 걸을 때마다
눈물이 날 것 같다는 생각과 함께.

'그냥 당신을 사랑하고 싶은 것뿐인데····.'

———

숨이 멎을 뻔했다.

세상이 또 한 번 멈추는 듯했다. 마치 12년 전, 벚꽃 흐드러진 그곳에서 그를 처음 만난 날처럼 말이다.

아직까지 꿈에 가끔씩 나와 그녀를 당황케 하는 그날을 그녀는 선명하게 기억한다. 어떤 수업을 들었고, 어떤 친구와 함께 있었고, 심지어 그날 자신이 입은 얇은 스웨터와 플리츠 스커트가 어떤 색이었는지도 모두 기억하고 있다.

봄이었다. 학교는 한창 축제 기간으로 들떠 있었고 그녀 역시 수업 후 어떤 행사에 참여할지 친구들과 계획을 세우고 있었다. 그러던 중, 그녀의 친구가 학교 매점에서 만나기로 한 과 친구가 있다며 그를 혹시 아는지 물어봤다. 꽤 유명한 이름이었지만 그녀는 그의 얼굴을 몰랐다. 어떤 사람이고 무엇을 하는지 정도만 어깨너머 들은 적이 있었다. 친구를 따라 매점으로 가기로 했다. 5월의 매점은 아름다웠다. 젊음을 표현하는 사진이 있다면 아마 그해 5월 매점의 모습이 아닐까, 그녀는 지금도 생각한다.

학생들 사이에서 깡통으로 불리던 매점은 네다섯 평 정도 되는 작은 건물이었다. 그 앞에는 벤치 여러 개가 놓여 있고 학생들로 항상 붐볐다. 그녀는 친구와 이런저런 이야기를 하며 그곳을 향해 걷고 있었다. 갑자기 친구가 "저기 있네."라고 말하며 벤치 중 하나를 가리켰다. 그리고 그 순간 세상이 멈췄다. 그는 운동복 차림으로 벤치 등받이에 걸터앉아 있었고 그의 머리 위로는 벚꽃이 흩날리고 있었다. 세상 유일한 핀 조명이 그에게 비춰졌다. 주위 모든 것들은 서서히 멈추고, 그리고 이내 사라졌다. 그곳에는 오직 그와 그녀만이 존재했다. 그를 향해 걸어가는 그녀의 발자국 하나하나에는 설렘과 두려움, 그리고 이미 겪어본 듯한 익숙함이 있었다. 30미터, 20미터, 10미터, 그리고 마침내 그의 앞에 마지막 걸음을 놓았을 때, 그는 수줍음과 궁금함이 담긴 표정으로 그녀를 보고 있었다. 그때야 비로소 세상이 다시 밝아지며 부산스럽게 움직이기 시작했다. 친구가 그녀를 소개했다. 그녀는 조금은 과한 반가움으로 악수를 청하며 인사를 건넸다. "안녕?"
그는 잠시 그녀를 쳐다보더니 세상 어떤 암흑 속에서도 단숨에 빛을 밝힐 듯한 웃음으로 "안녕." 그녀의 손을 잡았다.
그 순간이었다.
그녀가 숨이 멎은 듯 세상이 멈춘 듯 멍하니 서 있는 그 순간, 긴 이야기가 시작되었다.

그리고 오늘, 마치 10년 전 그날처럼 그녀는 버스 안에서 명하니 창밖을 바라보고 있다. 자꾸 부딪히는 옆 사람들도, 라디오에서 흐르는 어느 아이돌의 음악도, 이촌동 초등학교 앞 횡단보도를 건너는 인파도 이미 사라진 지 오래. 세상은 어두워지고 핀 조명은 오직 한곳에 맞춰져 있다. 10년 만이다. 그는 누구를 기다리는 듯 휴대전화를 만지작거리고 있다. 가끔 여러 사람을 통해 그가 어떻게 잘해 나가고 있는지, 어떤 모습으로 변했는지, 그리고 누구와 결혼해서 잘 살고 있는지 들을 수 있었다. 하지만 창문 너머 있는 그는 사진을 통해, 화면을 통해 본 그가 아니었다. 좀 더 설익었던 시절, 벤치에 앉아 악수를 청한 손을 잡으며 웃어 주던 봄날의 그였다.

하지만 30미터 남짓 거리를 두고 그를 향해 걷던 그날과는 달리 오늘의 30미터는 다가갈 수 없는 거리다. 봄꽃이 가득했던 그날과는 달리 오늘은 짙은 낙엽이 바람에 날리고 있다. 버스는 이내 출발하고 세상은 다시 밝아져 움직이기 시작한다. 그녀의 30미터는 곧 40미터, 50미터가 되고 잠시 후 그는 사라지고 없다.

그녀는 멎었던 숨을 크게 내쉰다.

명해진 정신이 서서히 돌아와 다시금 라디오에서 음악이 흐르기 시작한다.

흔들리는 버스 안에서 그녀는 혼잣말을 한다.

" 깡 통 도   철 거 되 고   없 는 데   뭐 . "

─

그렇게 의식은 치러지고 있다.

만남과 헤어짐에 있어서 의례히 치러야 할 의식.

반갑습니다. 수줍은 악수와 함께

어느새 눈물겹지만은 않은, 무덤덤한 "잘 가요."

그리고 외로이 홀로 치르는 의식.

미워하고 용서하고 그리워하고

웃고 있는 우리를 꿈에서 바라보며

눈물로 잠에서 깨고

함께 들었던 음악에 무뎌지도록 노력하고

행복해하는 사람들 사이에서 동떨어진 섬이 된 채

알 수 없는 미소를 지어도 보고

어렵게 보낸 문자에 밤새 후회하고

멍하니 창밖을 바라보며

너 이외의 것에 생각을 맡기고

하지만 아프고

끊임없이 아리고 시리고

그리고 결국,

잊고.

사랑하는 이와 헤어지고 가장 힘들 때는 아침에 일어나는 순간이다. 꿈과 현실 그 경계에서 모든 감정이 무장해제되어 있기 때문이다. 눈을 슬그머니 뜨는 순간, 쓰나미 덮치듯 날 것의 감정들이 밀려오고 숨을 쉬기가 벅차다. 한참을 누워 해제된 무장을 다시금 걸어 잠그고 꿈에 또다시 나타난 그에게 세 번째 손가락을 날리며 일어난다. Fuck off. 그와 헤어진 날에도 했던 말이다.

항상 이기적이었던 그는 꿈에서도 이기적이네, 이를 닦으며 분해한다. 모든 것을 용서하게 하는 강아지 같은 두 눈으로 나타나다니. 교활한 놈.

마지막 그런 눈으로 나를 바라봤을 때는 더 휘둘리면 내가 정말 죽겠구나 하는 두려움에 그에게서 도망쳐 나왔다. 그는 여러 번 나를 죽였다.

처음 만난 날, 반갑습니다 인사와 함께 나만을 위해 존재한다는 듯 지어 대는 미소가 나를 죽였다. 점점 커 가는 마음에 끙끙 앓다가 지쳐 갈 때쯤, 마치 등장할 때를 정확히 아는 연극의 주인공처럼 나타나 집 앞에서 내게 한 고백이 또 한 번 나를 죽였다. 사귀는 동안에도 달콤함으로 혹은 불안함으로 어떨 때는 잔혹함으로 나를 수도 없이 죽였다. 그는 어른의

몸에 갇힌 어린아이 같았다. 그 이유로 그의 일탈과 무심함을 용서했지만 지금 돌아보면 그는 그만큼 나를 좋아하지 않았던 것이다.

Fuck, 그날 이후 입에 달고 다니는 욕과 함께 입속 가득한 치약 거품을 내뱉는다. 거실로 나와 가장 좋아하는 시트콤을 틀고 오늘 할 일을 정리한다. 한참을 아무것도 하지 못했다. 할 수 있는 일이란 우는 것밖에 없던 시기가 꽤나 길었다. 집에 틀어박혀 울던 시기부터 시작해, 마시지 않는 술을 마시며 울던 시기, 한동안 가지 않던 클럽에서 미친 듯 춤을 추며 울던 시기 등을 거쳐 또 우냐, 면박을 주는 친구들 사이에서 울던 시기까지 정말 한참을 울었다. 이제는 겨우 미뤄 두었던 일들을 할 수 있을 만큼 덤덤함을 갖췄다고 생각한다. 하지만 그것은 그와 상관없는 일을 한다는 전제하에 있을 때이다.

며칠 전에 있었던 일이다. 오랫동안 가고 싶어 벼르고 있던 전시가 곧 닫는다 하여 친구들과 약속을 잡고 집을 나섰다. 그는 미술을 좋아하지 않았다. 항상 전시는 혼자 다니거나 친구들과 다니곤 했으니 이 전시 역시 어떠한 것도 그를 연상시키지 않을 거라 안심했다. 하지만 미술관으로 가는 버스에 올라타는 순간 생각이 짧았다는 것을 깨달았다. 그를 만나러 갈 때 간혹 타던 버스라는 것을 기억해 내지 못한 것이다. 다음 정거장에서 내릴 채비를 했지만 이미 늦은 뒤였다. 그를 만나러 갈 때의 설렘, 그리움 그리고 헤어지기 몇 달 전부터 자주 느꼈던 불안감이 그대로 몰려오기 시작해 움직일 수가 없었다. 친구들한테 문자도 보내지 못한 채 항상 앉는 버스 뒷좌석에 앉아 반나절을 울었다.

지하철을 타기 시작했다. 오늘도 약속 장소로 가는 지하철 노선을 확인한다. 일 때문에 관계자와 미팅이 있다. 집을 나서기 전 아이팟의 음악 플레이리스트를 다시 확인한다. 철저하게 그를 배제한 노래들로만 채워져 있다. 너무 우울한 노래와 지나치게 밝은 사랑 노래는 뺐다. 음악을 듣지 않는 게 편하겠네, 생각도 해 봤지만 음악 없이 지하철을 타기란 지루하기 그지없는 곤욕이었다. 집 앞을 나서는 순간 재생 버튼을 누르고 음악에 생각을 맡긴 채 약속 장소로 향한다.

만나기로 한 카페에 와 보니 관계자는 이미 도착해 기다리고 있다. 헤드폰을 벗고 "언제 오셨어요? 많이 기다리셨어요?" 하며 인사하는 순간 카페에서 흐르는 노래가 들린다. 그가 가장 좋아하는 뮤지션의 노래다. 멈칫했지만 당황한 얼굴을 보이지 않는다. 이별 때문에 일을 망치는 어리석은 행동 따위는 일곱 번으로 됐다 이 멍충아, 속으로 생각하며 더욱 단단하게 감정의 끈을 동여맨다. 하필이면 음악 좋아하는 아르바이트생이 그 뮤지션의 두 번째 앨범을 튼 모양이다. 나는 40분 동안 견뎌 낸다. 그리고 무사히 미팅을 마치고 카페를 나서며 한숨을 쉰다. 몇 달 전 같으면 이것은 우주가 보내는 신호라며 그를 찾아갈 수도 있었겠다. 진이 빠진다.

그를 좋아했던 많은 이유 중 하나는 음악 취향이 통한다는 점이었다. 그가 들려주는 음악을 좋아했다. 차에 앉아 온종일 음악만 들어도 충분했을 만큼 함께 들으며 이야기하는 것이 좋았다. 뜬금없이 가사 한 줄을 말하면 상대방이 노래 제목과 밴드 이름을 맞히는 우리만의 게임도 있었다. 한 번의 여름 동안, 모든 록 페스티벌을 섭렵했고 심지어 외국에 있는 페스티벌까지 갈 계획도 세웠다. 다음 달이 되었을 그 계획은 물론 이루어지지 않았다. 그는 새로 만난 그녀와 갈 수도 있겠지만 말이다.

친구들과 함께하기로 한 저녁 약속 장소로 가면서는 음악을 듣지 않기로 한다. 지나치는 사람들이 행복해 보인다. 나도 한때는, 이라는 생각이 싹트기도 전에 잘라 버린다. 좋아하는 고기를 먹겠다는 생각으로 대체하고 걸음을 재촉한다. 그가 그립지 않다. 굳이 그립다면 가장 좋았던 시절의 그가 그리운 것이다. 하지만 이조차도 그립지 않으려고 노력한다. 배고프다. 배고파 죽겠다.

친구들과 밥을 먹으며 이런저런 이야기를 한다. 고맙게도 그녀들은 그의 이야기를 꺼내지 않는다. 하지만 자학의 여왕인 나는 왠지 친구들 앞에서 굳이 그에 대한 하소연을 하고 싶어진다. 그가 나와 헤어지고 만난 예쁘고 몸매 좋은 여자와 얼마나 잘 지내는지, 나는 얼마나 불행한지. 말을 꺼내려고 하는 순간, 계란이가 회사에 있었던 황당한 일을 이야기하기 시작하고 나의 자학 욕구는 점차 사라진다. 밥을 먹고 커피를 마시는 동안 단 한 번도 그의 이름이 나오지 않는다. 나

자신이 점차 자랑스럽기 시작한다.

집에 도착해서 또다시 좋아하는 시트콤을 틀어 놓고 소파에 드러눕는다. 화면 속에서 들리는 관중의 웃음소리가 서글퍼진다. 마치 나를 비웃는 듯하다. 젠장. 텔레비전을 끄고 휴대전화를 만지작거리며 그에게 문자를 보낼까 말까 고민한다. 한동안 매일 느꼈던 충동이었지만 지금은 2주에 한두 번 있을까 한다. 오늘이 그 한두 번의 날이다. 어쩌면 그도 나를 생각하지 않을까, 그녀는 그저 호기심에 잠깐 만난 사람이고 사실 나를 그리워하는 것이 아닐까. 헤어지고 몇 번이나 찾아왔던 것이 그 증거일 텐데 말이다. 질펀한 이별이 싫어 만나러 나가지 않았던 것을 잠시 후회한다. 나갔다면 우리는 지금 행복했을까? 아니면 또 나를 지독하게 외롭게 하다가 같은 이별을 했을까? 문자를 쓰고 지우기를 몇 번이나 반복하다가 결국 계란이한테 문자를 보낸다. "자니…?"

샤워를 하고 침대에 누웠다. 기특하다고 스스로를 칭찬한다. 처음 헤어지고 갈피를 못 잡아 검색한 '이별을 극복하는 방법'에는 일반적인 해답으로 나만의 시간을 가져라, 다른 사람을 만나라, 취미를 가져라 등이 있었고, 대부분 공통적으로 시간이 지나길 기다리라고 했다. 오늘도 시간을 잘 보냈다. 버텨 냈어. 그리고 잠들기 전 생각한다.

자, 내일 또 시작이다.

Fuck.

—

가장 반짝이는 순간이 언제였어, 묻는다면
여러 장면이 눈앞에 스치겠다.
하지만 그중 가장 눈부시게 빛나는 순간은 아무래도
내 인생의 사랑을 만난 어느 11월의 늦은 밤.
보름달이 뜬 낯선 도시 한적한 공원에 앉아
기타와 함께 라디오헤드의 〈크리프Creep〉를 불렀던 그 밤.

가장 돌아가고 싶은 시간은, 묻는다면
또 여러 날이 머릿속에 떠오르겠다.
하지만 지금도 가장 돌아가고 싶은 시간은
내 인생의 사랑과 함께한 어느 일주일.
정처 없이 거리를 걸어 다니며
서로의 문장을 완성해 주고 끝나지 않는 대화를 하며
《수면의 과학》의 스테판과 스테파니처럼
서로의 머리를 쓰다듬어 준
그 일주일.

또 가장 아팠던 날은 언제야, 지지 않고 물어 온다면
사실 무수히 많아 고르지도 못하겠다.

하지만 역시 마음이 가장 서늘하게 아려 오는 기억은

내 인생의 사랑이

내 인생의 사랑이 아닐 수도 있겠다, 생각 들던

그 가을 어느 오후.

그가 묻는 오랜만의 안부에

이제는 더 이상 우기지도 못할 만큼 시간이 흘렀구나.

멀리 떨어져 있는 거리에도

그에게 여자 친구가 생기고 나 역시

새로운 설렘에 들떠 있을 때에도

내 인생의 사랑은 그라는 생각이 단 한 번도 변치 않았는데

흔한 안부 문자가 도착한 오후,

이미 너무 많이 흘러 버린 시간에

그 11월의 밤과 일주일로 더는 버티지 못하겠구나, 생각이

문득 들던

그 가을의 오후가

난 아직도 참 많이 아프다.

—

오늘처럼 비 오는 오후였어, 그는 이야기를 시작했다.

언젠가 삶 한가운데 있어서의 비 오는 오후였다. 그들은 침대에 누워 나른한 시간을, 하지만 지금 뒤돌아보면 가장 값진 시간을 보내고 있었다. 베개에 얼굴을 묻고 있던 그녀가 갑자기 무어라 웅얼거리기 시작했다.

"뭐라고? 안 들려."

그는 그때의 그녀 모습이 더없이 사랑스러웠다고, 베개에서 고개를 들어 자신을 바라보는 그녀의 두 눈이 아직도 눈앞에 생생하다고 말했다.

"만약에, 언젠가 네가 나에게 느끼는 마음이 사랑이라고 여겨진다면 말이야. 언젠가 그런 순간이 온다면 주저하지 말고 '사랑해'라고 말해 줘. 그게 언제든, 그곳이 어디든. 꼭 나에게 '사랑해'라고."

"예순 살 할아버지라도?"

"모든 기억이 사라지고 오늘만을 기억한다 해도, 내가 세상 어느 곳에 재로 뿌려져 있다 해도 그런 순간이 오면 사랑한다고 해 줘."

"응, 알았어."

"그래서 어떻게 됐어요? 그녀에게 사랑한다고 말해 줬나요?"

호기심 가득한 눈으로 물어보는 나에게 그는 담담한 미소를 지어 보였다. 그리고 한참을 아무 말 없이 내리는 빗줄기를 바라보고 있었다.

"아직도 그날의 빗소리가 내 귓가에 선명해. 그렇게 다시 베개에 얼굴을 반쯤 묻은 채 '사랑해. 사랑해. 사랑해. 다시는 사랑이란 걸 할 수 없을 만큼 사랑해.'라고 말하던 그녀의 목소리와 함께 그때 내리던 빗소리가 아직도 선명해."

이렇게 그가 말했을 즈음 이미 비는 그치고 깊은 주름이 자리한 그의 눈가에만 작은 빗방울이 맺혀 있었다.

———

여전하군.

우연한 자리에 마주하게 된 그는 여전히 해맑았다.

그녀는 언젠가 이렇게 다시 보게 되는 날이 올 거라 예상했고 그런 날이 와도 아무렇지 않을 정도의 시간이 흐르지 않았나 생각해 왔기에, 지인들 사이에 있는 그를 얼핏 봤을 때 크게 당황하지 않았다. 그렇다고 먼저 다가가 인사할 정도의 긴 시간은 아니었다.

또 다른 지인들과 무리 지어 한참을 이야기하다 보니 어느새 그의 무리와 그녀의 무리는 하나가 되어 있었다. 눈이 마주쳤고 그는 그녀가 이곳에 있다는 것을 이전부터 눈치채고 있었다는 듯이 당연한 인사를 했다.

그 당연한 인사를 그녀는 너무 과소평가한 것이다. 그 당연한 인사에 그녀는 그날 밤 만취가 되어 집에 돌아오며 김동률의 〈다시 사랑한다 말할까〉를 불러 젖혔다.

불같은 연애를 했었다. 뜨거운 싸움과 훨씬 더 뜨거운 화해가 있었다. 여러 번 헤어졌다 만나기를 반복한 끝에 그다지 좋지 않은 말을 주고받으며 마지막 이별을 했었다.

꽤 아픈 그리움과 익숙한 습관들을 끊어 내는 데 짧지 않은 시간이 걸렸다. 하지만 이제는 그의 소식을 들어도 가슴 어느 한구석이 아주 미미하게 울렁일 뿐 잘 지내니 좋네, 하는 생각이 들 정도로 괜찮았다.

괜찮다고 생각했었다.

그와 당연한 인사를 나누고 돌아온 그녀는 문자 보내고 싶은 것을 간신히 참고 잠이 들었다.

다음날 눈뜨자마자 그런 자신을 대견해하며, 안도의 한숨을 내쉬며, 곰곰이 생각해 봤다.

한때 사랑했던 사람에게 또다시 반하는 것은 어쩌면 지극히 당연한 일이겠다. 아픈 기억과 권태로운 일상과 떠올리고 싶지 않은 가시 돋친 말로 덧칠되어 있어도 말이다. 처음 숨을 멎게 했던 그 모습, 미소, 말투, 눈빛, 몸짓, 인중, 손등에 희미하게 보이는 핏줄, 손가락, 손가락, 손가락…. 그리고 처음 만난 자리에서 건넸던 그 "안녕."을 닮은 안부 인사까지 그대로 존재하기에 어쩌면 그녀가 어제 다시금 그에게 반한 것은 당연한 일이겠다.

그렇다고 다시 만나고 싶진 않다. 그녀는 알고 있다. 이 감정만으로 만나기에는 그들이 지나야 할 길은 험하디험해 결국에는 서로를 무너뜨릴 것이다.

잠시 센티멘털한 아침을 보내고 오후 즈음 다시 생각해 본다. 지금 사랑하는 사람에게 또다시 반하는 순간은, 두 배로 로맨틱하고 행복하겠다.

그의 모습을 보며 우와, 이렇게 사랑스러운 사람이 이미 내 사람이구나, 바로 이것, 이것 때문에 우린 시작되었구나—하는 순간. 그런 순간에는 그저 말없이 그 사람을 꼬옥 안아 줘야겠다. 다짐하며 지나간 그의 번호를 전화기에서 삭제한다.

―

언젠가 그에게 말했었다.
"우리가 멀어져서 안 보게 된다고 해도 우리 할머니 돌아가시는 날에는 꼭 와서 함께해 줘. 약속해 줘."

앞으로 있을 일 중 그녀가 가장 두려운 것은 할머니가 그녀를 떠나는 것이었다. 생각만 해도 눈물이 나고 숨이 쉬어지지 않았다.
매일 밤 할머니를 아직 데려가지 말아 주세요, 기도할 만큼 준비되어 있지 않았다. 준비되어 있지 않은 채 그날을 혹 맞이하게 된다면 적어도 한 명은 곁에서 붙잡고 있어 줬으면 하는 마음에 그에게 부탁한 것이었다.

준비되지 않은 날은 이외에도 많다는 것을 알고 있다.
불시에 찾아올 절망적인 날은 아마 그녀가 상상치도 못한 곳에서 불쑥 나타날 것이다.
홀로 이겨 내야 할 아픔과 슬픔이겠지만, 언젠가 있을 감당하기 힘든 날에 그가 내 옆에 있어 줬으면 좋겠다고 간절히 바랐다. 생각만 해도 무서운 그런 날에는 꼭 함께였으면 좋겠다고.

그리고 미안해졌다.

멀어진 지금, 그가 혹여 겪었을 그런 무서울 정도로 힘든 날
에 함께해 주지 못해서.

미 안 해   정 말 ,   미 안 해 .

그가 한참을 아무 말 없이 앉아 있다가 이야기를 시작한다.

그녀의 이야기다.

그를 가장 기쁘게 한 사람. 그리고 가장 아프게 만든 사람.

그녀의 이야기다.

나는 언제나 그렇듯 턱을 괴고 그를 바라보며 말없이 듣고 있다.

얼마나 그녀가 그리운지, 수년이 지난 지금 벗어나려 애를 써도 중력에 이끌리듯 그녀를 향해 있는 마음을 어쩌면 좋은 지 나지막한 목소리로 이야기하고 있다.

가끔 물음표가 달린 문장과 함께 나를 바라보지만, 나는 안 다. 나의 의견이나 대답을 바라는 것이 아니란 걸. 수년에 걸 친 대화 속에서 깨달았다. 그는 자신에게 묻고 있는 것이다. 그리고 스스로 답을 찾아내는 중이다.

나는 그저 수년간 그랬듯이 이야기를 들어 주면 되는 것이 다. 이것이 나에게 주어진 몫이다.

그의 목소리 때문이었다.

"도대체 그가 왜 좋아?"라고 친구들이 물을 때면 딱히 해 줄 말이 없었다.

하지만 뒤돌아 곰곰이 생각해 보면 시작은 그의 목소리였다.
조곤조곤 낮은 목소리로 이런저런 이야기를 해 줄 때 어머니
의 배 속에 있는 듯 편안해졌다.

그는 그런 힘이 있었다. 그리고 그의 목소리에만 반응하는
내가 존재하고 있었다.

도저히 나아질 것 같지 않은 상황 속에도 그의 위로 하나에
길이 보였고, 방법이 없어 무너져 있을 때도 그의 전화 한 통
에 우뚝 일어설 수 있었다.

하지만 그는 알지 못했다. 알 리가 없었다. 그녀에 대한 그리
움을 이야기할 때마다 내가 얼마나 슬펐는지, 그녀가 얼마나
미웠는지, 그리고 부러웠는지, 알 리가 없다.

그녀와 행복했을 때에도, 헤어지고 가장 나약한 모습을 보여
주었을 때에도 나는 지금처럼 아무 말 없이 그의 이야기를
들어 주고 있었다.

그는 지금 그녀가 해 준 말, 그녀가 보여 주었던 행동, 웃음,
눈물을 이야기해 주고 있다.

내 앞에 앉아 나를 보고 있지만, 나는 안다. 그의 눈앞에는
그녀가 있다. 그녀를 보고 있다.

오늘도 그녀가 부럽다. 그의 인생에서 지울 수 없는 흔적을 남긴 그녀가 어느 누구보다 가장 위대하게 느껴진다. 세상에서 가장 아름다운 여자를 고르라면 아마 내가 사랑하는 사람이 사랑하는 그 사람일 것이다.

내가 사랑하는 사람이 사랑하는 사람의 이야기를 들려줄 때, 내 안에는 수많은 감정이 한데 모여 사막의 회전초처럼 굴러다닌다. 하지만 결국 남는 것은 어쩔 수 없는 슬픔뿐이다.
이렇게 많은 시간이 흐르고도 단 한 번도 눈치채지 못한 그에 대한 야속함. 세상을 다 가지진 못했어도 적어도 나의 세상은 가진 그녀에 대한 질투. 이런 걸 뒤로하고, 결국에 나는 슬프다.

그는 그녀에 대한 이야기를 끝내고 한참을 말없이 앉아 있다. 그리고 불현듯 이전에 한 번도 하지 않았던 말을 꺼낸다.
"고마워. 들어 줘서."
"뭘."
"그냥 이런 얘기 들어 줘서 고마워."
그리고 나는 매번 해 왔던 말을 한다.

"힘내."

그가 희미하게 웃는다.

그리고 나는 또다시 어쩔 수 없이 슬프다.

———

나 역시 어쩔 수 없는 인간이구나
끊이지 않을 것 같던 이 질긴 감정 역시
끝이 있구나
영원할 거라고 스스로 자학했던
질펀함 역시
놓이는구나.

안도의 한숨과 함께
조금의 서글픔.

I don't love you anymore

낯선 천체의 재능을 사랑했네,

impression

자국과 영감

———

겨울이 좋아졌어.

에곤 실레의 그림을 직접 보러 가고 싶어.

어제 우연히 들었던 이름 모를 노래.

너는 알지 않을까?

다시 한번 느끼는 거지만 무언가를 만들어 낸다는 것이

참 행복해. 가슴 벅차.

오늘 본 단편영화, 너도 꼭 봐야 해.

감성을 고스란히 영상으로 표현해 낼 때

그는 얼마나 행복했을까.

내가 어두움을 사랑하는 이유는 그 속에

희미한 빛이 존재하고 있기 때문이라는 것을

깨달았어. 너는 무슨 뜻인지 알겠지?

눈 맞았다.

눈이 나의 헝클어진 앞머리에 와 앉는 것을 보았어.

거짓말처럼 녹아 없어지는 것을 고스란히 마음에 담았어.

그 순간 내 표정은 엄청 웃겼을 것 같아.

우리 집 로비에 대형 크리스마스트리가 서 있는데

괴물 같아. 초록 괴물. 빨간 반점이 온몸을 덮은 초록 괴물.

그 괴물 앞에서 사람들은 사진을 찍더라.

항상 커피를 마시러 갈 때는 고민을 해.

아메리카노와 바닐라라떼 사이에서.

아마 평생 그럴 듯해.

잊지 마, 평생 잊지 마.

잘 자.

She tells her love while half asleep,

In the dark hours,

With half-words whispered low:

As Earth stirs in her winter sleep

And put out grass and flowers

Despite the snow,

Despite the falling snow.

△ 로버트 그레이브스, 〈그녀는 반쯤 잠들어 사랑한다 말한다She Tells
Her Love While Half Asleep〉

글쎄다,
딱히 무언가 잘못되고 있다는 것을 느끼지는 않지만
올곧은 길로 씩씩하게 걸어가고 있지는 않으니까.

이곳은 거무튀튀한 공기를 안고 있어.
들숨과 동시에 기침을 내뱉고
매운 눈물을 흘리곤 하지.

서성이고 있다고나 할까
매 순간을 말이야.
자리 잡히지 않은 설렘에
두리뭉실한 발밑을 보니
결코 날고 있지만은 않더라.

당신 앞에 노출된
막 잉태한 감정들을
고스란히 내어 보고
그리고
다시 품어 보고

변질된 나의 용기 앞에
마음껏 비웃어 버린다.

소란스럽게 다가온다
언제나처럼.
봄이라는 녀석은
믿음 없이 자라나는
불안한 사랑처럼
살랑살랑 사르르
초록빛 그을림으로

세 상 을   미 처   버 리 게   한 다 .

터벅터벅 발길이 닿은 곳은 집 앞 책방이었다.
친절히도 준비되어 있는 푹신한 의자에 앉아
이 책 저 책 뒤적뒤적 읽고 있을 무렵,
숨이 막힐 정도로 건조한 외로움을 그린
어떤 글을 읽게 되었다.

나도 당황할 정도로 끊임없이 눈물이 흘렀고
그 눈물은 막 인쇄되어 새 책 향기가 나풀거리는
열일곱 번째 페이지에 번졌다.
황급히 눈물을 닦으며 잠시 생각했다.
그리고 기도했다.

열일곱 번째 페이지에 나의 눈물이 번져 있는 이 책,
일상을 이야기하듯 외로움을 고백하는
이 이야기가 담겨 있는 책을 사는 사람은
함께 울어 주길.
같은 순간, 같은 마음으로
그날의 숨 막히는 고독을
열일곱 번째 장에서 흘러내려 주길.

당신의 눈물과 나의 눈물이
오늘의 우리를
위로해 주길.
그 자국으로
내일의 우리에게
맞설 용기와 힘을 주길.

서로 얼굴도 모르는 당신과 나
각자의 외로운 섬에 있을지라도
우 린 , 혼 자 가 아 니 니 까 .

사랑,

먼 옛날, 하늘과 땅이 막 갈라졌을 즈음의 그 옛날, 사랑은 아마도 하나의 커다란 덩어리였을 테다.

완연하고 숭고하고 그 어떠한 흠조차 없는 거대한 덩어리.

사랑의 본모습은 플라토의 심포지엄에서 아리스토파네스가 이야기했듯, 성경에 신이 아담의 갈비뼈로 여자를 만들었다고 기록되어 있듯, 분리되지 않는 유일무이한 존재였을 테다. 그 사랑은 인간의 욕심으로 인해 신의 분노를 얻었을 테고 산산이 조각난 채 각기 다른 모양으로 이 땅에 존재하고 있는 것이 아닐까.

우리는 모양이 다른 사랑의 조각을 각자 마음에 품은 채, 어떻게든 다시 하나가 되기 위해 맞아떨어지지 않는 모서리를 미련스레 끼워 맞추려고 애쓰고 있는 게 아닌가 조심스레 생각해 본다. 서로의 모서리에 찍히고 찢기는 과정을 끊임없이 되풀이하고는, 어느 특별할 것 없는 아침에 닳고 닳아 버린 사랑을 발견한 채 무던해지고. 그렇게 아주 먼 옛날의, 사랑의 본모습을 닮은 무언가를 찾아 평생 노력하는 것이 아닐까.

돌란의 영화 속 주인공들은 언제나 이런 모습을 하고 있었다. 《마미》에서도 역시 주인공들은 각자의 조각을 안고 다시 하나가 되기 위해 부단히도 애를 쓴다. 서로를 보듬고 생채기를 내고 감싸 안고 밀어낸다.

다이앤과 스티브는 분명 모자지간이지만 그 이상의 사랑, 서로의 상처를 핥아 주는 동등한 사랑을 하고 있다.

"엄마는 언젠가 나를 사랑하지 않을 거야. 하지만 내 1순위는 언제나 엄마야."

스티브는 말한다.

"나는 너를 점점 사랑하게 될 것이고, 너는 나를 점점 덜 사랑하게 될 거야."

다이앤은 말한다.

그들은 어쩌면 먼 옛날 하나의 덩어리였다가 세상으로 조각나 떨어져 엄마와 아들의 모습으로 만난 것이 아니었을까. 보는 내내 마음이 아렸다.

1 대 1의 화면 비율은 마치 그들이 사랑하는 방식을 용납하지 못해 끊임없이 어긋나게 하는 현실과 닮아 있었다.

아들을 보호시설에서 데리고 나오는 날, 원장은 다이앤에게 현실을 이야기한다.

"사랑과 구원은 별개예요."

아마 네모난 정사각형 속 우리네 현실에서는 사랑으로 구원을 얻을 수 없는지도 모른다. 하지만 다이앤과 스티브는 믿는다. 그들의 각기 다른 방식의 사랑은 기필코 세상을 이겨내리라고. 다시금 완연한 하나가 될 수 있을 것이라고. 그리고 돌란은 오아시스의 음악과 천재적인 감각의 영상이 일치되는 영광스러운 시퀀스로 그 믿음을 우리에게 확인시켜 준다.

결 국 에 는 사 랑 이 다 .
돌란이 이야기하고 싶었던 것은 언제나 그랬듯, 사랑의 추구이자 그것을 향한 희망이다.
"우리는 영원히 사랑할 거지. 우리가 제일 잘하는 게 사랑이잖아."
이것이 돌란이 제시한 먼 옛날 우리가 잃어버린 사랑, 그 본연을 되찾는 방법인 것이다.

"That's what we're best at, buddy."
Yes, Dolan. Yes, indeed.

△ 영화《마미》

혼자 영화를 봤다.

미세먼지 가득한 공기를 뚫고 극장에서 내리기 전 기필코 봐야겠다는 일념하에서 광화문의 제일 즐겨 찾는 극장으로 향했다.

혼자 영화 보는 것을 좋아한다. 영화가 주는 이야기와 내가 담고 있는 이야기가 맞닿아 시너지가 일어나는데 그만큼 감동도 위로도 영감도 누구와 함께 볼 때보다 배로 받는 느낌이 든다.

하지만 왠지 오늘은 누군가와 함께 영화를 보고 싶었다. 여러 친구에게 연락해 보고, 영화를 좋아하는 지인들에게도 물어봤지만 아무도 시간이 나지 않아 결국 혼자 보러 갔다.

외로웠다. 외로움을 즐기는 방법을 터득한 지 오래지만 오늘은 낯설었다.

터벅터벅 걷는 내 발소리가 조금은 처량했다. 자기 연민 대회가 있다면 내가 우승할 기세였다.

영화가 시작되고 잠시 후회했다. 러닝타임 세 시간이나 되는 이 영화를 버텨 낼 수 있을까. 그냥 나갈까.

첫 장면으로 여자 주인공의 얼굴이 클로즈업되어 나오는데 그 순간 이미 늦었다는 것을 깨닫고 의자에 몸을 맡겼다.

그 후부터는 어떻게 시간이 가는지도 모르게 영화에 빠져들었다.

사랑의 시작부터 끝맺음까지 여주인공의 이야기는 내 이야기와 맞닿아 나를 거세게 흔들어 놓았다. 영화가 끝나고 버스를 타고 돌아오는 내내 눈물이 멈추지 않았다.

여주인공이 헤어진 연인을 다시 만나 "나를 더 이상 사랑하지 않아?" 묻는 얼굴이 잊히지 않았다.

너무 사실적으로 흐르는 눈물 그리고 콧물보다 그런 그녀의 두 눈이 아팠다.

사랑하는 이에게 저 질문을 하는 사람의 눈은 모두 저렇겠지. 어떤 대답이 나올지 대충 짐작하지만 제발 그 말만은 나오지 않길 바라는 마음이 모조리 드러나는 눈빛.

나도 저런 눈빛이었겠지. 담담한 척 물어봤지만 그는 알았을 것이다.

저런 눈으로 "넌 이제 날 사랑하지 않아?"라고 묻는 내가 그는 무척이나 힘들었겠구나 싶어 집으로 돌아오는 내내 마음이 아팠다.

그를 떠올릴 것이라고는 생각지도 못했다.

영화의 내용을 대충은 알고 갔기에 분명 누군가는 떠오르겠다 싫었지만 그것이 그와의 순간일 것이라고는 상상하지 못했다.

그보다 더 아픈 사랑도 했고 더 깊은 사랑도 했었다. 그럼에도 불구하고, 이 영화 그 장면에 맞닿은 기억은, 그였다.

영화에서 그녀의 옛 연인이 그녀의 이런 질문에 고개를 저으며 말한다.

"하지만 너를 생각하면 무한한 애틋함이 있어. 앞으로도 계속 그럴 거야. 내가 살아가는 동안 계속."

참 이상하다. 여주인공을 아프게 한 이 말이 지금 그에게 하고 싶은 말이기 때문이다.

"이제 날 사랑하지 않아?"

내 질문에 아무 말도 못 하던 그가 한동안 밉고 야속했지만, 그렇게 질문하는 나의 눈을 보며 아마도 꽤 오래 아팠을 그에게 말해 주고 싶다.

"무한한 애틋함이 있어. 앞으로도 그럴 거야. 아마 내가 살아가는 동안, 계속."

영화를 혼자 보게 되어서 참 다행이다.

그녀에게 물었다.

"크리스마스 선물로 뭘 받고 싶어?"

그녀는 잠시 고민하더니 씨익 웃으며 말한다.

"세 상 에 서   가 장   사 랑 스 러 운   너 드 ."

서른넷의 그녀는 너드를 사랑한다.

'너드성애자'라고 농담 삼아 놀리기도 했다. 도대체 왜 그렇게 너드가 좋냐고 물으면, 그들의 순수한 천재성과 약간의 수줍음 가운데 극적인 순간 반전으로 나타나는 카리스마 가득한 총명함 때문이란다. 더불어 래글런 티셔츠를 입고 다크서클에 더벅머리를 갖췄다면 더할 나위 없이 종합 선물 세트라고. 실제로 그녀가 이런 너드를 보고 어쩔 줄 몰라 하는 것을 여러 번 보았다.

《소셜 네트워크》라는 영화를 보면서 모두 데이비드 핀처의 스토리텔링과 트렌트 레즈너의 음악에 감동할 때 그녀는 하버드 공대생을 연기하는 배우들을 보며 주연은 물론 수십 명의 단역까지, 꽃미남 천국이라고 호들갑을 떨었다. 가끔 스트레스를 풀기 위해 피부 뽀얀 아이돌 무대를 보며 길티 플레저guilty pleasure를 안위할 때 그녀는 미국 드라마 〈빅뱅 이

△ 길티 플레저
　　죄책감을 느끼거나 남한테 얘기하긴 부끄러운 일이지만 했을 때 즐거
　　운 일이나 행동.

론〉을 틀어 놓고 셸든에 열광했다.

점점 너드에 대한 환상을 키우는 듯해 걱정이 되어서 말했다.

"저건 너드를 연기하는 아주 매력적인 배우들이라는 거, 알지? 현실의 너드도 저런 매력이 있을까?"

"마크 주커버그. 스티브 잡스."

"다 외국인이잖아. 한국엔 없어."

"안철수 아저씨."

"……."

그리곤 한마디 덧붙인다. "정치하기 전."

어느 날은 오더니 "너드라는 단어, 너무 부정적이야. 맘에 안들어. 그들의 매력을 다 표현 못 하는 것 같아."라고 투덜거린다.

"그럼 뭐라고 불러? 뇌섹남?"

"아니야. 그걸로 모자라."

진심으로 고민하는 흔적이 미간 사이로 보인다.

"음…, Intellectual badass…!"

그래. 그녀의 백마 탄 왕자님들,

너드들이여, 영원하라!

NERDS RULE!

△ 뇌쩐남. 지적 깡패로 해석될 수 있습니다.

오랜만에 좋아하는 밴드의 신보가 나왔다.

얼른 앨범을 구매해서 집에 돌아와 들을 채비를 했다.

소파 가장 편한 자리에 커피 우유를 마시며 양반 다리를 하고 앉아 첫 번째 트랙을 재생했다. 첫 곡부터 역시 실망시키지 않았다. 흡족한 마음으로 가사를 뒤적였다.

순간, 잊고 있던 기억들이 스멀스멀 올라오기 시작했다.

이 밴드의 음악을 들으며 지낸 많은 날이 있다.

그중에는 세상을 다 가진 것 같은 벅찬 날도 있었고, 어떠한 사건도 없이 그저 그런 보통의 날도 있었다. 하지만 그들의 노래를 듣게 되는 날 대부분은, 마음 한구석에 생채기가 나버린 셀 수 없이 많은 날이었다.

사랑에

꿈에

그리고 관계에

실패한 날들.

내 인생의 BC와 AD를 나누는 사람을 향한 미련스러웠던 긴 짝사랑 동안에도, 내가 꿈꿔 온 나의 모습과 현실에 부딪혀

초라한 나의 격한 괴리감 속에서도, 수년간 함께한 절친과의 지리멸렬했던 헤어짐 중에도 나는 그들의 음악을 들었다. 그들의 음악은 들춰내기 싫은 상처로 점철되어 있었다.

세 번째 트랙을 듣다가 음악을 껐다. 나약한 내 모습이 떠올라서, 그 시절 바닥에서 허우적대던 한심한 내가 떠올라서 도저히 들을 수가 없었다. 나를 미워하는 사람들이 생각났고 그 타당한 이유들이 머릿속에 끝없이 나열되어 내 자신이 혐오스러워졌다.

실패와 상처는 스스로를 쉽사리 혐오스러운 존재로 만드는 괴력이 있다.

마음을 가다듬고 한동안 CD 케이스를 든 채로 앉아 있었다. 이제 이 밴드의 음악을 들으면 안 되는 건가. 왜 수년 전 과거에 아직도 얽매여 있는 걸까. 바보 같네, 나란 인간. 자괴감이 들었다.

내 부끄러운 실패 앞에 언제쯤 자유로울 수 있을까. 그러다 생각했다. 하지만 난 여기 있잖아. 그들의 음악을 들으며 거실에 앉아 어쨌든 오늘 이 시간을 살고 있잖아. 이것은 곧 내가 그 실패를 딛고 걸어왔다는 증거이다. 그 상처를 안고도 숨을 잘 쉬어 왔다는 뜻이다.

굳이 잊으려 덮어 두고 저 깊숙이 밀어 넣고 없었던 일로 치부하는 것보다, 그 상처의 흔적에 부끄러워하기보다, 당당하게 기념하는 것은 어떨까. 내 눈앞에 사정없이 들춰져 흐트러진 실패들을 뒤로하고 이만큼 걸어온 거리는 충분히 축하할 만한 업적이다. 앞으로도 이불을 걷어차며 일어나게 하는 추악한 기억이 생기겠지만, 그것을 뒤로하고 나아가는 순간 곧 내 업적이 되는 것이다.

실패가 아닌 성공인 것이다.

다시 음악을 재생시켰다.

여전히 묵직한 기억들이 떠올랐다.

하지만 피하지 않았다. 맞서 앉아 있었다. 그러고는 축배를 들었다.

나의 성공을 축하하며, 나의 업적을 기리며.

커피 우유와 함께.

—

아직도 무언가 툭 건드린 듯한
반응이.

수많은 시간이 차곡차곡 쌓이고
더욱더 아름다운 색으로 덧칠되었는데도
왼쪽 가슴 저 구석에
원치 않은 빛을 쬐는 따가움이.

숨은 쉬고 있고
마음도 분명 움직이고 있는데 말이야.
부지런히 부지런히
나의 길을 걷고 있는데 말이야.

그렇게 툭 하고 건드린 듯
스쳐 갈 때면
한없이 울고 싶어져.

네가 남기고 간
손톱만 한 자국 때문인지도.

너에게는 아무것도 아닐,

나만이 감당해야 할

그 손톱만 한 흔적

때문인지도.

——

아
기억하고 싶은 순간의 향기가
떠오르지 않아
한참을 우울해했다.

그때의 차가운 바람과
번지듯 들리던 발자국 소리
물결치던 한강의 빛들도
선명하기만 한데

너와 함께 나누었던
그날의 향기가 도저히,
안간힘을 써도
기억나지 않아서.

공유하지 못한 채 소유하고 있었던
억울한 내 순진했던 청춘의
향기가.

—

"단어 하나 아무거나 던져 봐. 그 단어로 글을 써 줄게."

"진상."

"알았어, 잠깐만."

청춘이 허락되어 우리는 질펀한 꽃밭을 달리고 있다.

한 손에 담배, 한 손에 진한 커피를 들고

어린 발바닥에 자리 잡힌

굳은살로

땅을 지탱하며 달리고 있다.

나는 누구일까

너는 누구일까

세상을 향한 뜨거운 질문에

나는 울기 시작하고

너는 말없이 담배를 피우며

지는 해를 향해

연기를 내뿜는다.

그렇게 우리는 달리고 있다.

쓰라린 심장을
미소로 담아내며
흐르는 눈물을
웃음으로 닦아 내며
인생의 질펀한 꽃밭을
우리는 달리고 있다.

진상이어라.
청춘이어라.

자　．　　　다　음　　　단　어　는　？

방금 오랜만에 긴 글을 썼는데 잘못 건드려 한순간에 지워져 버렸다. 기억을 더듬더듬 다시금 쓰려고 하다가 그 글을 써야만 했던 '순간'이 이미 지나가 버렸다는 것을 깨닫고 빌어먹을, 이라는 입에 붙지도 않는 말을 내뱉으며 포기한다. 순간이 지나고 나면 정말 아무것도 아니다. 나는 정말 너무 많이 놓치고 산다.

나의 한 발은 무척이나 느린가 보다.

카스텔라처럼 사르르,

self care

나를 다독임

———

I write with my tears and hopes of life.

I write with my pain and memories of love.

I write with my bleeding heart and soul.

I write with haunting emotions of you.

I write with every inch of my everything.

I write my soul.

—

손가락 끝으로 글을 쓸 때가 있다. 마음에 담긴 이야기를 차마 전하지 못해 의식적으로 손가락이 대신해서 글을 적어 내려가고는 한다.

어쩌면 이 글이 그런 글일 것이다.

사실 내가 이야기하고 싶은 것은 작아질 대로 작아진 나, 나조차도 돌아보고 싶은 마음이 사라진 형편없는 나. 못난 내 모습을 이야기하고 싶은 것이다.

하지만 그 의도는 채 머리에 닿기도 전에 멈칫한다. 그리고 내 손이 쓰기 시작하는 이야기는,

"넌 괜찮아. 충분해. 잘하고 있어. 넌 못나지 않았어."

주문처럼 적어 내려가고 있다.

내 안에 못난 나는 다소 주눅 들어 의기소침해진다.

내가 이야기하고 싶은 것은 어느 하나 내 편이 아닌 이 세상이다. 숨 쉬는 공기조차 빌려 쉬는 듯해 숨이 터억터억 막힌다. 얄밉다. 내가 원하는 것을 향해 조금이라도 걸으려고 하면 기다렸다는 듯 온갖 장애물을 동원해 내 앞을 가로막는 세상이 참으로 얄밉고 얄밉다.

하지만 이 역시 내 손가락은,

"이런 장애물이 있으므로 나는 더 강해질 수 있어. 더 좋은 것을 받기 위한 훈련이야."

라고 쓰고 있다.

나는 조금도 잘못한 점이 없는데. 여기저기서 들리고 보이는 나에 대한 부정적인 쑥덕거림에 억울해하며 얼굴도 모르는, 혹은 얼굴은 아는 그들이 증오스러워진다.

생각해 낼 수 있는 온갖 욕을 적어 내고 싶을 때도 있지만 정작 나는,

"나를 되돌아볼 수 있는 계기야. 더 겸손해지자."

스스로 채찍질을 한다.

모르겠다. 물론 긍정이 사람을 살린다고 한다. 레몬을 레모네이드로 만드는 지혜가 필요하다고.

그렇지만 오늘 같은 날에는, 세상이 작정하고 나에게 흙을 뿌려 대는, 오직 나만 차별하는 이런 날에는 하루만이라도 눈앞의 세상에 또는 내 안에 존재하는 못난 세상에 걸출한 욕 한마디 해도 괜찮지 않을까.

그냥 딱 하루 정도만 세상 최악의 시니시스트cynicist가 되어
도 괜찮지 않을까.

손가락으로 마음에도 없는 글을 써 내려가기보다, 가운데 자
리 잡은 손가락을 세상을 향해 치켜세워 보는 정도는 괜찮지
않을까.

Screw you, world.

인터넷에 뜬 내 사진에 달린 댓글을 보고 말았다.

평소에 댓글은 물론 뉴스도 확인하려 하지 않는다. 안 그래도 쉽게 자학하는 성향에 기름을 붓고 싶지 않아서 불특정 소수의 미움을 굳이 찾아 읽으려 하지 않는다.

그날은 어느 영화 시사회에 다녀온 날이었다.

전날 오후에 피자 한 판을 전투적으로 섭취하고 그것도 모자라 새벽 두시에 편의점에서 사 온 초코 과자를 한 봉지 먹고 잤다. 아침에 눈이 떠지지 않자 그제야 아뿔싸, 오늘 시사회 포토월은 포기해야겠네, 생각했다. 평소에 메이크업 하는 것을 좋아하지 않아 사진 찍을 것 아니면 민낯으로 가자, 결정했다. 이것이 나의 첫 번째 실수였다. 퉁퉁 부은 민낯으로 사진이 찍히고 만 것이다.

정확히 40분 후, 친구들의 문자가 오기 시작했다.

"시사회 갈 때 제발 메이크업 좀 받아."

"너 솔직히 말해, 얼굴에 뭐 했어!"

왜 그러나 싶어 물어보니, 인터넷에 뜬 나의 기사 제목이 '달라진 얼굴'이라는 것이다. 사뭇 웃기고 또 궁금해서 기사를 찾아봤다. 어, 이상하다. 이건 평소 내 얼굴인데, 뭐가 달라졌

다는 거지 혼자 낄낄거리며 나도 모르게 휴대전화 액정 속 화면을 위로 올렸다. 두 번째 실수. 아래에 매달린 무수한 댓글을 보고 만 것이다. 좋은 글도 있었지만 돋보기를 가져다 댄 것처럼 내 눈에는 나의 존재를 있는 힘껏 무시하는 글만 확대되어 보였다. 그리고 그 후 며칠 동안, 늦은 밤 불빛에 모여드는 나방 떼처럼 그 글들은 내 머릿속에서 퍼덕거렸다.

바닥을 질질 기어 다니는 하루하루를 보내다가 오래전부터 보고 싶었던 친구의 공연을 보러 가게 되었다. 댓글 따위에 힘들어하는 내 모습이 부끄러워 내색하지 않고 최대한 공연을 즐기려 노력했다. 하지만 머릿속 한편에선 여전히 얼굴 없는 무리가 나에게 손가락질을 하고 있었다.

그러던 중, 공연이 끝나고 관객 몇 명과 눈을 44초간 마주 보는 퍼포먼스가 있다고 했다. 얼마나 민망할까. 친구들과 웃으며 퍼포먼스 중에 어떻게 놀려 줄까 작전을 세우다가 내가 직접 참여해서 분위기를 띄워 보기로 했다.

많은 사람들이 퍼포먼스에 참여한 뒤 마지막으로 무대에 올라 친구 앞에 짓궂은 표정으로 앉았다. 그리고 관객들의 웃음과 함께 진행자의 시작 소리에 친구와 두 눈을 마주 보기 시작했다.

3초가 채 지나지 않아 울컥하는 것이 느껴졌다. 곧 그녀의 두 눈에 눈물이 고였다. 내 눈을 바라봄과 동시에 꽁꽁 묶어 두고 있었던 절망을 찾아낸 것이다. 그리고 그 44초간 나와 함께 절망해 주었다. 마치 울고 있는 나를 꼬옥 안아 주듯이 함께해 주었다. 시간이 흐르고 진행자가 끝을 알리는 종을 울리자 그녀는 내 손을 잡아 주며 따듯한 미소를 지었다.

그리고 그 순간, 거짓말같이 마음속에서 퍼덕이던 그 독한 말들이 먼지가 되어 사라졌다. 이런 친구가 있다는 것은 내가 그리 형편없는 인간이 아니라는 증거였다. 두 눈을 바라보는 것만으로도 숨겨 둔 한숨을 눈치채 주는 그녀가 있다는 것은 나도 꽤 괜찮은 인간이라는 뜻이었다.

그 후로 말하기 부끄러운 절망과 자학을 안고 있을 때 친구들과 두 눈 마주 보기를 하곤 한다. 그때마다 한 번도 빠짐없이 그들은 알아준다. 그리고 말해 준다. 가장 큰 소리로 두 눈을 통해.

"김소연, 너 괜찮은 녀석이다."

—

가을이 왔구나, 투덜투덜거리며
꽤나 차가워진 바람을 피해
잔뜩 움츠린다.

마음이 까슬까슬 불편해
가까운 편의점에 들어가
조금은 보드라워지지 않을까 싶어
우유를 사 마신다.

진하게 흘러들어 가는 액체를
시원하게 들이키고
윗입술에 묻은 허연 흔적을
스륵 닦고 보니

앙증맞은 집 모양을 한 우유갑에
질서 정연하게 적혀 있는 날짜는
오늘로부터 닷새가 떨어져 있다.

정확히 일주일 전 만났어야 했던 이 우유갑을

멍하니 쳐다보며 든 생각은
'배탈약이 집에 있던가….'

난 그렇다.
나의 타이밍은 언제나 이렇듯 더디더디
굼벵이의 걸음걸이로 다가온다.

어쨌든
가을이 온 것이다, 나의 첫 배탈과 함께.

A little too late.

험난한 세상을 견뎌 내는 모든 이들에게
어머니의 자장가를

곰살맞지 않은 삶의 흔적으로 잠 못 이루는 너와 나에게
무지개의 약속을

높은 파도 사이에서 허우적대는 나의 왼편 가슴에
강 같은 평화를

제발.
평화.

Internal peace
Eternal peace

—

세상이 내주는 숙제는 어려워요
해답을 몰라 이곳저곳 부딪쳐 가며
아픈 생채기를 내지요

가끔은 다리에 힘이 풀려
그 자리에 주저앉아 버리고 싶고
더 이상은 움직일 수 없어
스스로의 목을 죄어 보고

자학하고
원망하고

하지만 분명한 건
웃고 있잖아요.
이 순간, 이 자리에 있는 우리는
세상에 맞서 거짓 없이
웃고 있잖아요.

웃고 있는 당신 모습에서

너무 꽉 쥐고 있는 주먹을
조금은 펴 볼 수 있는 이유를
저는 찾아요.

—

그 녀 의 오 후 는 따 분 했 다 .

분명 세상은 걸리적거리며 움직이고 있는데 그녀의 오후만 제자리걸음과 하품의 연속인 듯 느껴졌다.

더 이상 볼 영화도, 읽을 책도 없을뿐더러 몇 시간째 넋 놓고 보던 미드를 한 편이라도 더 보면 구역질 날 것 같은 기분이 들 만큼 그녀는 한없이 따분해 있었다. 눈에 닿는 아무 스웨터와 청바지를 걸쳐 입고, 이틀 하고도 반나절이나 감지 않은 머리를 누런 고무줄로 동여매고 무작정 집을 나섰다.

햇살이 따갑다.

나오기 전 드러누워 확인한 휴대전화 속 SNS에서 사람들이 자신의 셀카 사진과 함께 찬양한 '놀러 가고 싶은 날씨', '행복해요, 오늘 날씨', '아, 연애 세포 살아나는 가을 날씨'가 이것이군, 뭐 그녀는 달갑지 않다.

얼굴은 바싹 건조해 사막화되었다. 햇살에 정수리는 뜨듯하나 뺨에 닿는 공기는 서늘해 어느 장단에 맞춰야 하는지 도통 모르겠는 다중 인격의 날씨.

그러고 보니 누굴 참 닮았네, 엘리베이터 속 거울을 보며 생각한다.

어느 장단에 맞춰야 할지 모르겠다. 분명 오전에는 오늘 하루 꽉 채운 일정으로 보내리라, 넘치는 의욕으로 다짐했건만 여섯 시간도 채 지나지 않아 기분이라는 것이 바닥을 치고 또 그 너머로 내동댕이쳐졌으니 말이다.

분명 세상(비록 세상이라고 쓰고 SNS라고 읽지만, 이 역시 세상 속에 또 하나의 세상이니 세상이 맞지 아니한가)과 함께 소속된 느낌으로 웃고 있었는데 지금은 세상이 나를 비웃고 있는 듯한 매우 좋지 않은(사실은 더러운) 기분을 안고 집을 나서니 말이다.

특별한 사건도 이유도 없다. 그냥이다. 그냥.

그 녀 는   달 리 기 를   못 한 다 .

어렸을 적, 학교 운동회에서 찍은 사진 중에 두고두고 가족들에게 놀림의 대상이 되는 사진이 있다.

이미 결승 지점을 지나 뿌듯해하는 아이들 뒤에 흘러내리는 바지를 부여잡고 나름 열심히 결승선을 향해 뛰어 들어오고 있는 여섯 살 그녀의 모습. 조그만 동양 여자아이의 바보 같은 미소와 우스꽝스러운 뜀박질에 주변 외국인들이 박장대소하고 있는 사진.

지금 생각해 보면 다들 참 너무하네 싶다. 바지는 왜 두 사이즈 큰 것을 입혀서. 부모님이 제일 너무하다. 금세 쑥쑥 자라

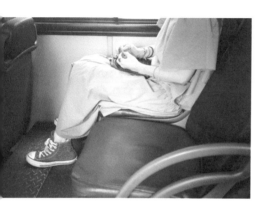

는 나이라 몇 년 거뜬히 입을 수 있는 사이즈로 사 주셨다고
는 하지만 그녀는 그로부터 3년간 그다지 자라지 않았다. 억
울하다. 만약 그녀가 혹시라도 탈선을 했다면 탈선의 이유가
충분히 되고도 남을 만한 억울함이다.

그녀는 그날 달리기를 하면서 바라본 같은 반 친구들의 뒷덜
미를 기억한다. 같은 시간에 출발했는데 그들보다 한참이나
뒤에 있다는 것이 이해가 가질 않았다. 나는 친구들과 똑같
은 모습으로 열심히 움직이고 있는데 왜 저들은 저 앞에 있
을까.

오늘 오전에는 분명 모두 같은 시점, 같은 출발을 한 것만 같
았는데 세상은 능숙한 발놀림으로 저 멀리 결승점을 향해 뛰
어가고 있다.

바지가 너무 커서 그것을 부여잡느라 오늘 하루도 나는 뒤처
진 걸까. 왜 나는 딱 맞는 바지를 입지 못하나. 아니, 왜 그 바
지에 맞게 자라나지를 못하는 걸까.

세상을 향한 얄미움과 투정이 부메랑처럼 돌고 돌아 그녀에
게 와서 쿠욱 박힌다.

처음 오는 버스에 무작정 올라탔다. 창가 자리에 앉아 이어폰을 귀에 낀다.

랜덤으로 설정해 놓은 아이팟에서 가장 먼저 흐르는 곡은 스위치풋의 〈언제나Always〉. 그녀가 좋아하는 곡이다.

"Every breath is a second chance.

 모든 호흡은 새로운 기회를 뜻해."라는 가사가 나온다.

울고 싶어진다. 이 아이팟이 나를 이해해 주네. 그 손바닥만 한 기계에 얼굴을 묻고 엉엉 울고 싶어진다. 하지만 옆자리에 앉은 20대 어여쁜 처자가 놀랄까 꾸욱 참는다.

한참을 그 노래만 들었다. 버스 노선을 한 바퀴 다 돌고 다시금 그녀의 집 앞에 다다를 때까지 그 노래를 듣고 또 들었다.

버스에서 내려 이어폰을 빼 보니 기분이 한층 나아져 있다.

어느 장단에 맞춰야 할지 모르겠네. 그녀는 피식 웃으며 집으로 걸어간다.

바지가 커서 항상 뒤처지고 그 바지에 걸맞게 아직 자라나지도 않았지만, 적어도 이제는 주르륵 흐르는 바지를 손으로 잡아 올리지 않아도 된다.

조금은 마음 편히 뛸 수 있게 해 주는 소소한, 하지만 커다란 도움이 있다. 오늘 위로해 준 노래라든지, 뜬금없는 친구의 한 줄 문자라든지, 다정하게 건네는 경비 아저씨의 인사라든지. 혼자가 아니라는 것을 느끼게 해 주는 바지를 대신 붙잡아 주는 허리띠 같은 도움들.

오늘 하루, 가장 마지막에 결승점을 통과하더라도 여유로운 웃음으로 발을 내디딜 수 있을 것이다. 자유로워진 두 손으로 화답하며.

괜찮다, 오늘 저녁.

———

밥솥을 새로 샀다.

꽤 커다란 상자를 끌어안고

집에 올라오는 기분이 나쁘지 않았다.

조금은 들뜨기까지 했다.

내일부터는 주걱으로 갓 퍼낸

따끈따끈한 밥을 먹어야지.

밥솥을 상자에서 꺼내 전기 코드를 꽂고

매뉴얼을 이리저리 읽는데

이대로도 나쁘지 않아, 생각했다.

한동안 온갖 생각, 엇나간 직감 혹은 적중한 직감으로

먹먹하고 아프겠지만

때로는 이 뜨듯한 백미를

눈물을 벗 삼아 꾸역꾸역 먹을 수도 있겠지만

마흔네 번째 밥을 짓는 그날에는 아마도

아무 일도 없었던 듯 덤덤한 마음으로

바삭바삭 김과 함께

김치를 얹어

씩씩하게

밥을 먹을 수 있지 않을까 싶다.

그리고 언젠가는, 또다시
1인분이 아닌 2인분을
정성스레 짓는 날도 오지 않을까

오늘,
그와 헤어지고 사흘이 지났다.

분주한 강남의 어느 사거리 신호등에 걸려
횡단보도 바로 앞에 서서 습관처럼 하늘을 바라본다.

더디게 움직이는 구름을 바라보다가 무심코
유난스런 소리를 내며
앞을 지나치는 자동차에 눈길을 돌린다.

왼쪽에서 오른쪽. 왼쪽에서 오른쪽.

시야에 머물다 금세 사라지는
차들을 눈빛으로 떠나보내며
내가 품을 수 있는 것은 여기까지구나,
내 세상에 머물러 주는 시간은 어쩌면
여기까지겠구나, 혼잣말을 한다.

나에게는 더디고 더디었던 순간들이 어쩌면
너에게는 이 짧은 찰나와도 같겠구나.

사라지는구나.

무심히 줄지어 지나가는 차들이 야속해져
다시금 구름을 바라보려고 고개를 드니
어느새 신호가 바뀌어 있다.

사람들은 부지런히 드넓은 횡단보도를 건너기 시작하고
나는 그로부터 세 번의 신호가 바뀔 때까지
하늘을 바라보고 있다.
더딘 구름이 빌딩 속으로 사라질 때까지.

Everything passes by
So will you
And so will I

Goodbye.

—

그는 눈을 뜨자마자 정확히 4초 반을 세고
벽 3분의 2를 차지하고 있는 창문의
커튼으로 고개를 집어넣어
바깥 풍경을 멍하니 바라보곤 해요.
몇 년 전 죽은 강아지가 그랬던 것처럼
호기심 가득한 눈인지는 내가 알 방법이 없지만
그의 등에서는 벌써
수많은 이야기가 쏟아져 내려요.
후두둑
머리 감고 말릴 때 떨어지는 가여운 머리카락들처럼
후두둑 후두둑
이야기는 쏟아져요.

또다시 맞이하는 아침을 향한 허무한 인사와
주어진 또 다른 24시간에 대한 짜증 섞인 감사함.
이루지 못한 계획의 무게와
먼발치 약 올리고 있는 꿈의 형상.
분주히 움직이는 사람들에 대한 부러움과
그와 동시에 느끼는 연민.

엊그제 모진 말로 울린 그녀의 얼굴
그리고 알량한 자존심의 흔적들.

쌓여 가는 이야기가 그의 앉은키를 넘을 무렵
그제야 고개를 커튼에서 빼고
귀찮은 듯 툴툴 털고 일어서요.
그리고 그의 발걸음에 차곡히 쌓인 이야기는
수많은 먼지로 흩날려
어디론가 사라져 버리죠.

그 광경은 말이에요, 언제 봐도
외롭고 슬프고
아름다워요
본   적 · · · ,   있 나 요 ?

그런 날이 있다. 도저히 우연이라 여길 수 없을 만큼, 마치 세상이 나에게 존재하는 온갖 오물을 투척하는 듯한 그런 날.
누구나 있을 것이다. 혹 없다 하는 사람이 있다면 그는 불행에 대항하는 내성이 강하거나, 아니면 매우 긍정적이거나, 혹은 매우 둔감하거나, 그래, 신이 특별히 사랑하는 그런 사람이겠다.
이런 사람을 제외하고는 누구나 있을 법한 그런 날을 나도 적지 않게 맞이하곤 한다.

얼마 전의 일이다.
아침에 일어나니 무언가 잘못되어 있다는 느낌이 들었다. 방금 꾼 꿈에 나타난, 수년 전 나를 아프게 한 한때 절친이었던 사람 때문인가. 꿈에서 그 당시 말 못한 억울했던 심정을 토해 내서 그런지 목이 아팠다. 울었는지 베개가 흠뻑 젖어 있었다.
좋지 않다, 이런 꿈. 덕분에 스케줄도 늦었다. 스텝들에 대한 미안함까지 더해져 감정적으로 체한 느낌이었다.
지인들의 근황으로 가득 찬 SNS를 보니 다들 삶을 즐기는 듯해 더욱 외로워질 찰나, 헤어진 후 친구를 끊었던 전 남친

소식이 눈에 들어왔다. 누군가 그의 글에 '좋아요'를 눌러 어찌어찌하여 내 타임라인에 뜬 것이다.

시간이 어느 정도 지나 더 이상 반응할 마음이 남아 있지 않을 것 같았는데, 아니었다. 겹겹이 쌓인 감정과 기억들 저 아래에 어느 작은 부분이 덜컹거렸다.

그에게 새로운 사랑이 시작되었다. 그것을 고맙게도 페이스북은 굳이 나에게 알려 준 것이다. 솔직히 말해 내가 먼저 새로운 사랑을 시작하여 그에게 뽐내고 싶었다. 아니, 더한 사실은 그에게 내 소식이 닿아 나를 그리워했으면 했다.

아니, 이보다도 더한 사실은 다시 돌아와 줬으면 하는 마음이 덜컹거리는 그 작은 부분에 녹아 있었다.

집에 돌아와 화장을 지우는데 전화가 왔다. 새로 들어가는 영화 피디님이었다. 흥미로운 시나리오에 캐릭터도 흔하지 않고, 누구보다 잘 표현할 수 있을 것 같아 꼭 하고 싶은 영화였다. 다행히 미팅도 잘되고 감독님도 마음에 들어 하셔서 촬영을 며칠 앞둔 상황이었다. 다음날 있는 의상 피팅 전화인가 싶어 급하게 받았더니 글쎄, 캐릭터가 바뀌어 다른 배우로 가기로 했다는 것이다.

할 수 있는 말이 없었다. 거기에다 대고 "이러면 안 되잖아요. 스케줄 조정까지 끝내고 이게 무슨 소리예요!"라고 할 수는 없는 노릇이었다.

그저 "그렇군요. 할 수 없죠…." 마음 넓은 배우인 척하며 전화를 끊었다.

아 오늘 제대로 오물 투척하는구나, 이놈의 세상.

그렇다고 내가 우나 봐라.

인터폰이 울렸다. 경비 아저씨께서 차를 빼 달라는 것이다. 지난밤 주차할 곳이 없어 상가 앞에 주차했는데 아마도 누군가 항의를 한 모양이다. 부랴부랴 내려가 죄송스런 마음으로 차를 빼려고 하는데, 앞 창문에 포스트잇이 붙어 있었다. 뭔가 싶어 내려서 봤더니 온갖 욕이 가득했다.

욕설 가득한 노란 포스트잇을 들고 그저 오늘 하루가 빨리 끝났으면 하는 생각이 들었다.

얼른 집에 들어가 우울할 때마다 틀어 놓는 시트콤 〈프렌즈〉 소리를 들으며 잠들고 싶었다.

온 힘을 다해 믿어야 했다. 오늘 일어난 일에 맞서 좋은 일이 생길 것이라는 것. (기필코 믿어야 했다.)

평균의 법칙. 무작위로 일어나는 일들은 결국 평균을 찾는다는 법칙.

수학적인 법칙이라 하지만 사람들이 일상에 더 많이 적용한다는 이 법칙.

신앙을 가진 나 역시 가끔, 신이 축복을 줄 때 시련이라는 보자기 속에 넣어서 준다는 말에 코웃음밖에 안 날 때에는 이 법칙을 되뇐다.

The law of average.

세상이 던진 냄새나는 오물을 잔뜩 맞은 날, 이것을 믿어야 한다. 과학이 증명해 준 희망과도 같다.

그 후 생겨나는 다음 아침을 맞이할 용기, 이는 평균을 이루기 위한 시작이 될 것이다.

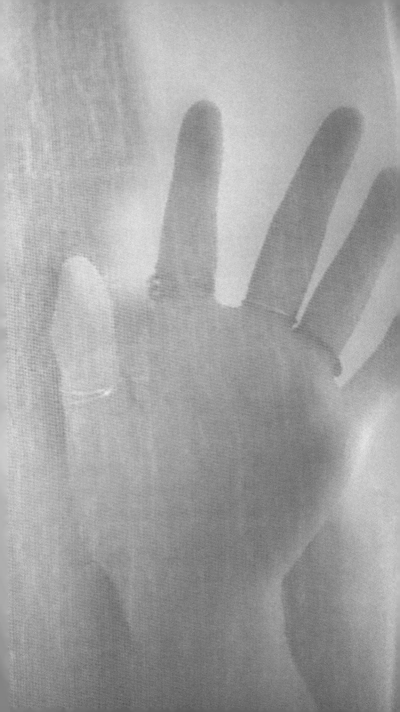

아직 일어나지 않은 일에 대한 믿음을 품고 그것을 끝끝내 부정해 버리는 현실에 몸담으며 살아가기란 쉽지 않다. 어떻게든 발목이 잡힌다. 수치와 통계로 점철된 이곳은 내 능력의 한계를 수없이 지적하고, 내가 아름답지 않음을 필사적으로 가르친다.

사고와 인식을 할 수 있게 되면서부터 내 속에 잉태된 이 꿈들은 매일매일 그 색이 짙어지며 꿈틀거려 왔다. 아버지 손 잡고 태어나 처음 접한 영화 《구니스》를 보며 언젠가 맞이할 모험을 꿈꿨고, 매일 밤 부모님 몰래 이불 안에서 손전등 비추며 읽던 순정 만화를 통해 필연적 사랑을 꿈꾸었다. 미국이라는 낯선 땅에서 학교를 다니며 처음으로 읽은 소설 《호밀밭의 파수꾼》의 홀든을 만나며 칠흑 같은 어둠 속에도 분명히 존재하는 희망을 꿈꾸게 되었고 연예계 데뷔 후 가장 바닥을 친 시절 데미안 라이스의 음악을 들으며 나만의 음악을 꿈꾸기 시작했다.

다른 지점에서 시작한 이 꿈들은 점점 블록처럼 하나둘씩 쌓이며 집을 만들게 되었고 아직 그 모양이 완성되지 않은 채 내 속에 자리 잡고 있다. 사랑이든 모험이든 음악이든 희망이든 나에게는 견고하게 지어진 거대한 꿈인 것이다.

몽상가라는 말이 유행을 지나 이제는 허세 낀 촌스러운 단어가 되어 버린 것 같아 가끔은 창피하지만, 나는 여전히 몽상가다. 하루에도 수십 번씩, 아직 일어나지 않은 일들을 꿈꾸고 기대하고 남몰래 미소를 짓는다. 하지만 점차 '현실에 발을 딛는 몽상가'가 되며(몽상가라는 단어가 부끄러워지는 증상이 나타나며) 그것을 꺼내어 놓지 않고 살아가는 법을 터득했다. 이것은 십여 년간 경험한 일련의 사건들로 인한 결과다. 태초 이전부터 정해진 나의 '사람'을 향한 씨앗이 내 배꼽 아래에 심어져 있다고 믿는 나에게 혹자들은 노처녀로 가는 지름길을 걷고 있다고 했다. 나의 이야기들을 더 넓은 곳에서 더 많은 사람들과 함께 나누고 싶다는 포부를 밝히면 어중간한 외모와 크지 않은 키 등등을 이유로 불가능하다고 단언했다. 어느 회식 자리에서 인생 선배라고 하시는 분이 "네가 배우니?" 물으시며 "배우 하기에는 나이가 너무 많네."라고 내 꿈에 사망 선고를 내려 버린 적도 있었다. 그렇게 나는 꿈을 이야기하지 못하는 벙어리가 되어 갔고 남들과 나누지 못하는 미소를 짓는 일이 많아졌다.

기나긴 시간 동안 쌓아 올린 집이 완성되어 마침내 세상에 실재의 모습으로 드러나는 순간에서야 그 많은 혼잣말을 들려줄 기회가 생길 것이다. 하지만 그 전까지는 조심스럽게 쌓고 있는 혼자만의 집이다. 간혹 가장 가까운 이에게 집의 형태나 색을 이야기할 수도 있겠지만 그 속에 담긴 섬세한 이야기들은 꺼내 놓기 어렵다. 어쩌면 그래서 지쳐 버린 채 집의 완성을 포기하고 자신조차 그 비밀을 잊고 사는 한때 몽상가였던 사람들이 생기기도 하는 것이겠다.

꿈 을   꾸 는   사 람 들 은   외 롭 다 . 철저하게 혼자라고 느껴지는 순간이 셀 수 없이 많다. 그런 가운데 가끔, 우주의 흔치 않은 응원 덕에 나의 숨겨진 이야기들을 알아보는 그리고 비슷한 꿈을 꾸고 있는 사람이 나타나기도 한다. 한눈에 알아볼 때도 있고, 한참 지난 후에 깨닫는 경우도 있다. 이성일 수도 동성일 수도, 우정의 모습으로 나타날 수도 있으며 사랑이라는 감정이 동반되기도 한다. 어떠한 모습이든 단 한 번의 만남에도 평생을 안고 갈 커다란 용기를 주는 흔치 않은 인연이다.
마치 《수면의 과학》 스테판과 스테파니같이. 꿈과 현실의 경

계조차 모호한 몽상가 스테판을 있는 그대로 받아들이고 알아주는 유일한 사람은 스테파니다. 그들은 아무도 이해하지 못하는 그들만의 세계를 만든다. 그녀의 아파트에서 피아노를 치며 구름을 띄우고 움직이는 말 인형을 만들고 타임머신을 통해 다른 이들은 비웃을 수 있는 말도 안 되는(하지만 그들에게는 너무나도 말이 되는) 시간 여행도 함께한다.

그녀에 대한 감정에 혼란스러워하다가 머리를 다친 스테판에게 스테파니가 묻는다.
"머리는 좀 어때?"
"괜찮아. 그렇지만, 평범하진 않아."
"절대 평범해질 일은 없을 거야."
그녀는 그를 안다. 세상은 그에게 좀 더 평범하게 살아 보는 것이 어떨까, 꾸준히 제안하지만 그녀만은 그를 있는 그대로 바라봐 준다. 스테파니가 또 묻는다.
"왜 나야?"
"왜냐면, 다른 사람들은 다 지루하니까. 그리고 너는 다르니까."
그도 그녀를 바로 보고 있다. 지루함 가득한 곳에서 그녀만이 가지고 있는 이야기들이 들리는 것이다. 자신과 닮은 그녀의 이야기를 스테판은 듣고 있다.

세상에는 분명 나의 스테파니 혹은 스테판이 있다. 외로이 꿈을 꾸는 모든 이들은 결코 혼자가 아닌 것이다. 언제 나타날지 모르는 그 사람은 나의 숨겨진 이야기를 들을 준비가 되어 있을 것이며 말하기도 전에 이해해 줄 것이다. 지치지 않는 용기를 건네주며 존재 그 자체로 '꿈을 꿔도 괜찮아'라고 말해 줄 것이다. 그리고 그곳에 나란히 누워 세상이 멈춘 듯 꿈을 꾸게 될 것이다.

이미 만난 당신에게는 축하를,
아직 기다리는 당신에게는 행운을!

"The dreamer in her
Had fallen in love with me and she did not know it.
That moment the dreamer in me
Fell in love with her and I knew it."

△ 테드 휴스, 〈생일 편지Birthday Letters〉

소이의 아이팟 　　　　　　　BGM이 되는 플레이 리스트

___

꿈, 틀

초판 1쇄 인쇄 2015년 4월 16일
초판 1쇄 발행 2015년 4월 23일

지은이 소이
펴낸이 이범상
펴낸곳 (주)비전비엔피 · 이덴슬리벨

기획 편집 이경원 박월 윤자영 강찬양
디자인 최희민 김혜림 이미숙
사진 리에
마케팅 한상철 이재필 김희정
전자책 김성화 김소연
관리 박석형 이다정

주소 121-894 서울시 마포구 잔다리로7길 12 (서교동)
전화 02)338-2411 | **팩스** 02)338-2413
홈페이지 www.visionbp.co.kr
이메일 visioncorea@naver.com
원고투고 editor@visionbp.co.kr

등록번호 제2009-000096호
ISBN 978-89-91310-71-7 03810

「이 도서의 국립중앙도서관 출판시도서목록(CIP)은 서지정보유통지원시스템 홈페이지(http://seoji.nl.go.kr)와
국가자료공동목록시스템(http://www.nl.go.kr/kolisnet)에서 이용하실 수 있습니다.(CIP제어번호: CIP2015009638)」